噓，別出聲

草白散文集

目次

目次

前言

童年早已遠去，連青春都快成為過往雲煙了，可讓人痛痛快快地接受現實並不是那麼容易。一顆反抗之心在蠢蠢欲動。這些文字就是反抗的產物吧。

十二歲之前，我生活在村莊裏。世間所有的村莊都是相似的，困窘，簡陋，孤僻，草木菜蔬、人物牲畜都處於渾噩、自然的生存中，生機勃發，轉而凋零，就像村莊上空朝夕變化的雲。

在這本散文集裏，我寫下了最初的記憶。豬的死亡，牛的眼淚，被砍伐的棗樹，黃昏的遊戲，下雪日的歡騰，一個給自己掃墓的老人，那個沒有出嫁的女孩子……所有人事代謝，萬物生死榮枯的命數，我忘不了她們。

記憶是有選擇性的。我無意求全，也沒有辭典般的野心。我只選取進入視域內的事物，它們或許不曾被十二歲的我所關注。可多年之後，我又看見了它們，宛如第一次。

我相信，很多發生在童年的事情是可以不朽的。

我還相信，童年散發的氣息足可以影響一個人的一生。

那些遠去了的草木、遊戲、節日、光陰，還能激起我透徹心扉的憐憫，好似輪迴之迴，去了還能再來。

如今，越來越多的人離開童年，離開村莊，離開自然。村莊已經大變樣，曬穀場不曬穀子，長滿雜草；坡地上的泥土被生生剜去，好像人被挖了眼睛。

河水變淺了，水鳥不來了，沒有人知道它們去了哪裡。

那更小孩子的童年呢？他們有他們的遊戲和歡喜，只是千萬要提防馬路上咬人的汽車，還有越來越怪異的疾病。

最後，我只能在紙上緬懷一切消失的，童年的歡欣。

下雪了

一年中，下雪的日子是很少的，在冬天最冷的幾日，雪花才會像個羞答答的小姑娘光臨我們村莊。下雪是有預兆的，落雪前的場景通常是這樣——午後，天空昏沉，雲層鉛塊似的壓下來，風從魔鬼的口袋裏放出來，刮得枯草直哆嗦。放學的孩子呵氣成霜，縮著脖頸，跺跺腳，紛紛往家趕。路上行人稀少，天色漸暗，溪邊洗菜的農婦手凍得紅腫，炊煙在她們頭頂升起，很快就被風刮得毫無招架之力，散到空中是淡淡的藍，隨即不見了。世界在建造一個適合雪花登臨的舞臺。

夜晚來了。

很多雪花是在夜裏落下，那麼黑，那麼冷，那麼蒼茫，一朵朵，無數朵，對稱精緻（據說符合古老的黃金分割率），它們紛紛落下，覆在大地上，沒留下任何蹤跡，落到水裏，成了水，落到泥上，醞釀起了微微的濕。它們不

甘心，越下越大，越下越密，地面再也不能暫態消化它，便覆蓋起來，堆積起來，深夜裏又沒有人來踩它，它越積越厚，最先下的躲在裏面，還有源源不斷的要來，怕它們冷似的，紛紛蓋在上面。有些是不情願的，落到地上又彈了回去，融化在半空中，或終於落了下來，消失在積雪裏。雪花變成了雪，然後是白茫茫的雪地，一直往無限處延伸。

我知道雪花為什麼要在夜裏落下。它們喜歡啊。天地乾淨，沒有行人，也無聲息，白花一朵朵落下來了，紛紛揚揚，擦亮了漆黑的夜，把一切道路覆蓋，把一切痕跡掩埋。房屋樹木在雪中緘默，人蜷縮在棉被裏，懷想著外面的白色天地。偶爾風刮向樹枝，只聽得雪像鹽一樣簌簌抖落。

天漸漸亮了，雪光映照著窗臺，往屋子裏反射進來，有些刺眼。窗玻璃上聚著條狀水珠子，一點點淌下來，含著淋漓不盡的淚意。呵，下雪了，不知是誰低低地喊了一聲。睜眼一看，大地之上，「天與雲、與山、與水，上下一白」，螢白如瓷，果然是雪。急不可待地推窗，雪已經停了，雪地上早有黑腳印往遠處延伸，尤其是路中央的雪早成了一棱棱髒水，想化卻還沒有完全化去。最乾淨的是屋頂、樹梢、土牆頭、草垛上的雪，還保持著降落時的潔白，緊緊挨著，一片蓋著另一片，沒有滲出水來。

太陽還沒有出來。這樣的早晨並不覺得冷，雪轉移了大家的注意力，他們在玩雪，吃雪，讓雪躺在掌心上、臉頰上、後背裏，和雪充分親昵，涼涼的，慌慌的，這些來自遙遠天際的靈物，在肌膚之上，化成水，滲進血管裏，似乎在流動、歡叫。

村莊完全變了樣，往日的髒亂差全不見了。連豬圈也是白的，煤塊上覆了雪，廢棄的茅草房成了童話裏的雪房子，想看或不想看見的一切都被雪覆蓋了。雪更換了村莊的容顏。太陽出來了。在微燙的陽光下，我們的村子就像一個滋滋冒氣的冰激淩。人開始在雪上活動，把雪弄髒了，髒了的雪不再是雪，成了一攤黑水，由它們再把更多的雪帶髒，促使其消失，這是人之於雪的行為，也是雪之於雪的行為。

雪地裏的身體臃腫不堪，又有帽子、圍巾全副武裝著，衣物大都是鮮豔色，在滿目瑩白中異常惹眼。大雪封道，即使是微雪，只要路上有覆蓋，學校便會放假，孩童就不急著出門，在早飯時就想著這一日的活動，雪帶來的興奮才剛剛開始，那覆蓋了瓦楞的雪有沒有把往日玩耍的小沙堆覆蓋，落在河裏的雪是不是讓河水更冷了？再觸一觸柴禾上的雪，松針上的雪，稻草人眉梢上的雪，把它們推到爐膛裏能否劈啪響？

只有那些躺在高高的瓦當上的雪，我怎麼也夠不著，除了陽光，誰也不能碰它。它們安靜地展露笑顏，有足夠的時間讓自己變薄，再薄一些，露出黑的瓦色，雪一樣消瘦下去。它們在瓦楞間滴淌，落到天井裏，有時候也會凍成冰柱子，掛在屋簷下，一動不動，是雪的雕塑。

瓦片上的雪是最後消失的。背陰的地方，戀戀不捨，戀戀不捨，化得更慢，根本就不願意化去。

他們在堆雪人，以世上最清潔的東西為原料，試圖造出你我的模樣。那雪人早上還是碩大的一堆，有鼻子有眼，到了午後，霎時矮了下去，眉眼都分不清了，到了第二天，第三天，只剩了坍塌的一坨，一些細密的雪水在滲出。更多的雪在奔跑，消失，似乎不願長留人間。

下雪了，我找出小紅靴子，像幼鹿一樣在雪地上奔跑，故意把腳步踩得踢踏響。太滑了，雪後的路面上有雪紋、冰碴，時刻提防摔跤的手腳動作誇張，一不留神便會人仰馬翻。雪地，給人造成行動的挫折感，又止不住奔跑的慾望。想要沿著白雪覆蓋的道路奔跑下去，一直到積雪消融的盡頭。這條路有多長，我從未真正上路過。總是這樣，我還未出門，雪已經在消融了，當我走在路上，雪像曾經出現過的亮光，正在黯淡下去。

幾道白光鑲嵌在遠山的峰頂上，稻草人的眉間或許還藏匿著零星的雪粒，可一切都是徒勞，天地重歸黯淡，回到綠的草，黑的泥，骯髒的豬圈，黝黑的柏油路上。一切都那麼慈祥，雪以微妙的濕意把大地潤澤一遍後，到底把精華留了下來。

下雪了，雪又消融了，我們永遠不知道下一場雪會在什麼時候降臨。

簷滴

下雨了，我坐在廊簷下木條凳上發待，看著簷滴闊麵條似的滾下，嘩啦啦的水柱子匯成一天井的水，由一條幽深的孔道排出。

遇颱風或夏日暴雨，雨水猛烈而急促，來不及排泄，天井裏的就往上漲，漲過了遮擋的石欄，漫溢在過道上積成了淺水灘，還有更大的雨點石頭一樣往下砸，砸出一朵朵水花，無數朵，水面起了無數個酒窩似的圓，如果雨量大而迅疾，天井頓成汪洋，一隻折好的紙船被拋到水裏，很快就被砸得沒了影，隨水流到了外面的河道裏，或被擱淺了。

住在有瓦片的舊屋裏，木結構，兩層，屋頂上的瓦片我看不見，每日清晨在窗前梳頭，那護廊上魚鱗似的瓦片卻在伸手可及處，底下是過道，是屋前簷下，我還在夢中，他們談笑晏然、滔滔不絕之地。

下雨天，我常常看到上一層的簷滴，紛紛歸位至下層相應的瀉水通道裏，垂直向下，對接得如此之好，多年來似乎有了默契。經過這一引度，水被帶到屋簷外的天井裏，即使下雨，人畜還能在屋簷下如常行走。

簷滴是躺在床上聽到的雨聲，真正的雨落在屋頂的瓦片上，距耳朵太遠，等同於無。只有貓才能在那裏自由來去。每年春天，爺爺也會爬到屋頂上翻檢瓦片，棄置幾片破損的，更換幾張新的。爺爺在瓦片上如常行走，讓童年的我擔心不已。他腳下的椽木會不會「咔嚓」一下斷了，爺爺本人撲通一聲掉到床上，或者正煮著飯的鍋子裏？當然，這種事情一次也沒有發生。

爺爺在屋頂上待的時間似乎格外長，他是不願意下來，還是在上面看見了什麼？我沒有問，爺爺也沒有說。

每次從屋頂下來，爺爺都要蹲在角落裏抽一支長長的煙，半晌也不吭聲。後來幾年，隨著爺爺腿疾的日趨嚴重，家人就不讓他爬到屋頂上去，那裏太危險了，再說我們要搬新房了，老屋的一切已經不再重要了。老屋的最後一年，屋外下大雨，屋裏落小雨，打在陶瓷器皿上叮叮噹噹響。爺爺躺在床上唉聲歎氣。我在雨聲裏漸漸入眠，夢見自己長了黑色的翅膀，在屋頂上飛。

換牙了，大人囑我把搖下的上頜乳牙擲在瓦片縫裏，而下頜乳牙則被藏於床底下。同一張嘴裏的東西，為何如此區別對待，我從未刨根究底過。當微踮著腳尖往上拋擲時，不免心有忐忑，怕拋錯了地方，似乎這樣，牙齒就要長到別人的嘴裏了。

童年的雨沒完沒了，簷滴或粗或細，不絕如縷，是水的世界，也是童年的天地，帶著默想的成分。那麼多簷滴，鋪天蓋地地下來，阻止了外出的腳步。在惴惴不安之中，童年的雨聲驟然停歇，隨之而來的是少年，少年的雨不再漫無邊際。靜看雨滴落下，毫無事情可做，開始雨中漫步，雨點砸在傘面上細細刷刷響，遠處田野上是一片油畫綠，少年心事宛如夢境。

可到底走到這天地之間來了。

黃昏的遊戲

趁天色還未完全暗下來，孩童又聚到這鄉村唯一的開闊之地——曬穀場上，這多半是一天中最混沌的時刻，視線轉暗，蟲蠅亂竄，往日塵土飛揚的大地，此刻已漸漸靜止下來，帶著點茫茫然、不知何往的意味，遠山是一片朦朧的黑影，輪廓隱約，汽車呼地一聲從帶狀的柏油路上過去了，房子卻在陰影中巋然不動，炊煙徹底隱入夜色中，只有氣味留下來。狗在這樣的黃昏，語速驚人，卻動作遲疑，似乎被什麼東西絆住腳、分了神。

他們手持螺陀、紙帕或者彈弓，來到這裏。他們中有些人已經在這裏玩過一會兒了，但只有這個時刻，人們才注意他們的存在。牛羊都回家了，房子回到陰影裏，樹木也是，只有他們還未離開，待在天地之間，等到影子潮水似的一點點漫上來。

女孩在跳皮筋、造房子，她們小小的身體在學校裏坐了一天，此刻完全放開了，鬆散的辮子在晚風中甩啊甩的，像黃牛在拍趕身上的蚊蠅。這是初秋了，幾個性子稍顯活潑的女孩在跳皮筋，她們的衣服不見得好，顏色有些褪了，質地顯得脆薄，或許是姐姐們穿剩下的，當然，她們還沒到在乎穿著的年紀。

此刻，她們歡快地跳著，口裏還念叨著：馬蘭開花二十一，二五六，二五七，二八二九三十一……，琅琅的童音飄進暮色中，清脆擲地，一波一波湧動著。那圈橡皮筋從腳踝一直升到腰間、第一顆紐扣處，一直往上竄，夜色也越來越濃，幾乎和橡皮筋一樣要掩了她們的脖頸。

有兩個女孩在跳房子，一隻腳著地，另一隻蜷縮著，著地的那隻腳踢著石子，分外小心，不能踢過了線，也不能壓了線，否則就算輸了。總有不聽話的小石子，往線框外滑去，或乾脆澀澀的，移動不了多遠，壓在線上。這線畫成房子的輪廓，一排排，裏面有許多房間，以石頭為筆，有磚紅、月白、米黃等色，每一日跳，總要畫新鮮的，隔天用過的早被露水打濕了，或被空氣磨淡了。

兩個跳房子的女孩子，神情淡淡的，專注於這腳下運動，不敢有絲毫疏忽，並把對方的動作也死死地看在眼裏。她們並不說什麼話，連眼神的交流也無，一個輸了，另一個接著來。

1
2
3
4
5
6
7
8

眼看著暮色加深，她們的頭都已低得不能再低了，天光隨時都有可能消失，而任何大的聲響或舉動似乎都在加速這個進程。這段時間太珍貴了，珍貴到她們什麼也不願想。

玩螺陀或紙帕的男孩更是把頭低到了水泥地上，灰塵撲撲地往他們小臉上沾，他們的手髒了，灰灰的，往臉上一抹，灰臉灰手，連影子也是灰的。他們奮力抽打著不敢讓螺陀停下來，一圈一圈，只要稍稍慢下來，就有鞭子忽忽追來。紙帕在手和空氣的扇動下，翻動得更勤快，也更艱難了。最後，手掌和紙帕都有些疲憊了，明顯地慢了節拍了，後來，不知怎地，手掌摑疼了，原來拍在了水泥地上，熱辣辣地，紅了，有點痛。坐在地上，喘口氣，又接上去，繼續拍。

就這樣，他們坐在黃昏的曬穀場上，沉浸在遊戲中，身體隨著簡陋的道具變換方向，在稍顯曲折的路線中，他們投入很深，深不可測，卻隨時都有可能被打斷，神情有點木木的，在發待。遊戲在繼續，這小小的身體的歡愉也在繼續，有點控制不住地往下滑。

黃昏的遊戲呈現出一種微妙而緊張的節奏，它被一雙冥冥之中的手操縱著，那就是光線、聲音，以及來自時間深處的——黃昏之後的夜。

暗殺

在我還小的時候，我就嘗試著殺死一隻青蛙，然後再把它救活。我在其中扮演一個角色，或者進行一樣巫術。我先把青蛙摔得半死，它或許暈了，或許真的死去，總之，它已經一動不動了。這時候，我的表演才正式開始。我在青蛙的肚皮上覆上草葉，交叉擺放，像十字架。我開始嘰裏咕嚕地念念有詞，模仿著某種聽不見的聲音。詞兒念完了，可青蛙毫無動靜，我不相信似的瞥它一眼，轉而去忙別的。但我的心思還在它身上。過一會，當我再來看時，青蛙已經不見了，連它身上掩覆著的草葉也不知去向。我認定它已復活，因為巫語它已成功逃至另一世界。

我不知道我的巫術能救活傷到什麼程度的青蛙，能不能讓一隻被開膛破肚的青蛙復活。我做過這樣的實驗。結果是，那個一動不動的青蛙，在許多天一動不動後，終於也消失了蹤跡。我還把一隻黑螞蟻扔進水池裏，看它在水裏掙

扎，腿腳無規則地擺動，水中似乎傳來它淒厲的叫聲。我樂孜孜地，在池子邊看著，不為所動。或許，我一時憐憫心起，曾丟下半張樹葉，救了它上來。或許，我什麼也沒做，注意力被別的事物吸引了去，從而徹底遺忘了它。

那些在池塘裏掙扎的螞蟻，多半都是被我遺忘的。除了死亡，它們沒有別的出路。我還殺死過一隻打盹的蒼蠅，在路上疾走的甲蟲，更多無名的生物。我伸手一抓，命運從此改變，它們在這世上留下的不過是一灘污穢。

我為什麼要殺死它們呢？在它們歡蹦亂跳，對世事茫然無解之時，我忽然伸出了手，很輕易，順便地，就把這世界改變了。這是讓我著迷的事。我殺死了一樣東西，儘管它微不足道。我認為這與我長大後，把一盆盆植物搬回家，然後看著它一點點褪掉綠色，最終枯萎死去是一樣的道理。我當然傷心，但是我也不過分傷心。我在童年時就掌握了死亡的魔術，但對人的世界卻無能為力。

暗殺

占卜

那時候，我經常玩這樣的遊戲，用一枚扇形的草葉預卜村裏某個婦女的生育命運。葉子從柄處撕開，由於撕的角度各異，呈三角或四邊形，就是不同的命運昭示。生男或女，全由這些葉子說了算，我們想要篡改也不可能。我想讓喜歡的人生男孩，不喜歡的人生女孩，這也辦不到。那些葉子有自己的主意。對同一個人的占卜，不能進行兩次，這是必須遵守的原則。

這個遊戲要兩個人玩，一起牽拉著葉片，來撕扯，來期待，並發出靈魂深處的尖叫。有一種神奇的直覺在葉片上流淌，它有明確的旨意，明白自己要說出什麼。我不是什麼占卜者，那些草葉才是呀。

我見過真正的占卜者。那些畸形人，擊打著夜的拐杖，在鄉村的石子路上，發出撻撻的聲音。在一個秋葉落盡的黃昏，他們替死人帶來那個世界的訊息，也替活人說出終要相遇的未來某一天的命數。我相信他們肯定冷漠於自己

的命運。就像那些自然中的草葉，它們被撕扯，被分開，完成對別人命運的占卜，自己卻渾然不知，毫不在乎。

多年來，我想成為一個占卜者，或者他手中的道具，對自己的命運也能滿不在乎。

風中的消息

那年初夏，七歲的我看到村裏的癌症患者坐在一棵花樹下。我是無意中抬頭看到她的臉。她的房子在高處，就像死亡也是高高在上。她，恍惚，白，神情入定，似乎在思索著什麼。眼神宛如一束光，一束紮緊的光，快要黯淡下去的樣子。我嚇得跑掉了。這之後，我再也沒有見過她。我知道她快要死了。原來一個人死前是這個樣子的。

眼睛看到的並不可怕。多年來，從那個村莊傳來的消息是，誰誰誰要死了，早年如何恣意，遊蕩……如今，躺在床上，縱飲，嚎叫，對每一個見面的人都哭，抱怨，唾罵……他總算熬過了這個新年，他會死在春天。

一個年輕的女孩，生得美，但腦子裏長了瘤，完全毀壞了容顏。很多人都去看她，帶著同情，各種表情，時間久了，她還未死去。她怎麼還未死去？一切開始改變，空氣變得凝重，連父母親也開始嫌棄……怎麼嫌棄？一個眼神就能把人殺死啊。我想起人類的眼神，不能偽裝的眼神，洩露一切的眼神。一個獨立於身體的眼神，它也是不會死去的。

這些陸續到來的、在風中撒播的消息，最終會走向消散之途。可是在我這裏，它們卻獲得了力量。關於臨終的排場，我想到的是一條未曾見面的狗。那照例是在我離家之後才發生的事。一條狗，在這個人數越來越少的家裏，像人口一樣重要過。歡叫、寵溺，在許多個春天的奔跑過後，在咬傷了一條人腿之後，被綁縛在一條鐵鏈上。如果能學會人的懺悔，它就可以活下來。可它拒絕懺悔，它嚎叫，嘶咬，剛烈決絕，索死。只求速死。它死在一個冬日的清晨。

在所有的事件中，都有一個舞臺，舞臺上面有追光，底下有觀眾。我們的死亡也是在這上面。許多場我未曾親臨的演出，多年來一直以一種不絕如縷的聲音或氣息回來。它們改變了我，讓我充滿恐懼。也讓我對視覺所見的一切，更加無動於衷。

對它說

那一年，院子裏的棗樹忽然結果少了。是一種什麼樣的力量讓它變得倦殆？連一棵樹也要偷懶，這是可怕的。我感到危險逼近。果然，某個午後，祖父磨刀霍霍，氣勢洶洶地走向它，揚言要砍掉它。我的祖母，這個小腳老太，不知從哪裡顫巍巍地跑來，抱住棗樹，忍悲大叫，極盡誇張之能事：不要砍它呀，它知錯了，它一定改！祖父仍執意要砍，舉著刀，刀口卻對準自己。一個要砍，一個不讓，在樹底下唱著雙簧。終於，刀被奪下了。兩個人開始說話，一個說，那就不要砍了。另一個說，也好，看看它明年的表現吧。一個說，明年再這樣，我絕不輕饒它。另一個說，放心吧，明年準好了。

就這樣，棗樹的命保住了。它肯定聽到了他們的說話聲，覺得性命堪憂，無比害怕。只有害怕才能產生力量，一種拼命結果的力量。果然，下一年，它就碩果累累，聽話、乖巧到出人意料。這時候，他們就要來敬它，鼓勵它，滿

足它。也是嘴裏念念有詞地說著什麼，溫和的語氣，全是讚美的話。可這一次，我真正替它擔起心來。下一年，下一年怎麼辦？

後來，我發現村裏所有的樹身上幾乎都有被刀斧砍過的痕紋。肯定是，有幾年，它們不聽話了，言語嚇唬不成了，聽不進去了，無奈才出此下策。給它們一點疼一點痛，讓它長長記性吧。

噓，別出聲

無論多麼困難，切記，在那個鬧哄哄的日子，我要管住自己的嘴巴。就像狗得管住自己靈敏的鼻子。要知道，我是一個多麼喜歡說話的人。可這會兒，我不能說，我乾脆什麼也不說，一說，就會犯錯。無論嗓子多麼癢，我都要忍住，憋住。他們在做豆腐呢，噓，千萬不能說出這個詞。我又犯錯了。可沒關係，我只在心裏說，輕輕地說，誰也沒聽見。

此刻，屋子裏熱氣騰騰的，人進人出，互相竄門是我們那裏的傳統，但這一天，大家約好了似地，都輕聲輕氣地，進得門來，探頭探腦地張望一番就離開，或相視一笑，很有默契。

母親在灶臺上忙活，祖母在火凳上餵柴，而祖父呢，因為是個大嘴巴，這會兒被趕得遠遠的，在房子前面的空地上劈柴呢。帶著怨氣劈柴的祖父，一忽

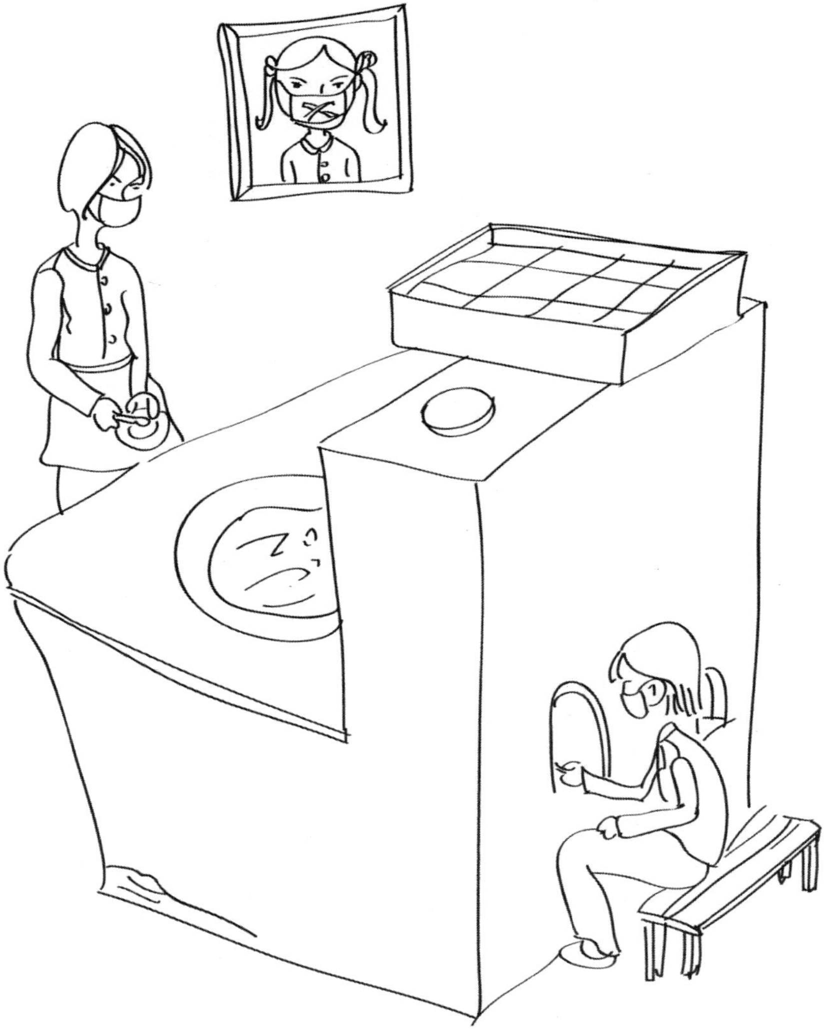

兒聲高，一忽兒聲低，耳朵卻高高豎起，隨時留意屋裏的動靜。屋子裏的女人在幹什麼呢？他當然知道她們在幹什麼，只是他不能說。

有一年他說了，他剛從外面進來，看見她們把磨碎的黃豆放在帆布巾裏裹著。他說，今天做豆腐啊。此話一出，那年的豆腐就成了水，沒有一個成功。祖母說，豆腐神聽見了，它不高興呢，就不讓這豆腐成形。我將信將疑的，後來卻不得不信。在做那件事的日子，只要家裏有誰在言語上輕慢了，哪怕是無意的，這件事就做不成。無一例外。在這些事情上，祖母最有發言權，母親只是乖乖聽她的，我起先不信，後來也不得不乖乖地服從。

不僅做這件事，還有好幾件類似這樣的事，也是需要我們管住自己的嘴巴。我發現這類事情有個共同點，就是它們平時很少做，一年一次，在重要的日子裏進行，需要集體合作才能完成。祖母在這類事情上，逐漸建立起了自己的威信。有一次，她甚至還對我說，你不能對著月亮指指點點，小心它割破了你的耳朵。我忽然耳朵一疼，驚恐萬分，馬上就把手指收起，改成握拳狀。從此之後再不敢手指月亮，當然也不能對著它揮拳。在祖母身邊的日子，她隨時隨地都在警告我，這個不能說，那個不能動。我成了一個膽小的人，對萬事萬物都小心翼翼的人，我怕一不小心惹禍上身，這可不是鬧著玩的。

打碗碗花

我從沒有見過那種花，據說像一隻碗。還據說，一摘了它，吃飯的時候揣在懷裏，就會打碎碗。我不知道這種莫名其妙的印象來自哪裡。或許是課本，但課本裏好像不是這麼說的。這讓我感到害怕。在吃飯時特別害怕。那時，我經常打破碗。每當端上飯碗，我的心思就開始到處遊移，只要一遊移，我就能聽見鳥叫聲。當我聽見鳥叫聲，我手裏的碗就會掉在地上，然後我就能聽見瓷片碎裂的聲音。當然，有時候，它掉下來了，但沒有任何聲響，那是因為它墜入草叢裏了，或是插進沙土深處了。我還經常坐在河邊吃飯，一邊扒飯，一邊把腳浸在水裏，蕩來蕩去。一不留神，刺溜一聲，那碗就扣進了水裏，米飯泛了上來，又沉了下去，水面上浮著油星，那碗早已墜入水底，我只要稍挽著褲腳，就能撈它上來，還是完好。

那時候，不用說走路，我連吃飯都是不安份的，總是端著碗走來走去。一會兒在村街上與人奔跑，一會兒又被草叢裏的蛇吸引。母親的訓斥沒有用，她自己也不在飯桌前吃飯。我們全家沒有一個人安安穩穩地坐著吃飯。家裏的碗越來越少，誰也不承認是自己打碎了碗。祖母把一口青花大碗也拿出來應急，家裏沒人願意使那口碗，可我願意。我喜歡那碗上黯淡的花紋，模糊的藍，好似沉澱了很多東西。其實它破敗不堪，缺了一個大角，底座也不穩，完全是個破爛。

我在生日那天打破過一口碗，如有神助。我端著一碗麵，在村街上走，沒過多久，我就打破了它。沒有一點預兆，說掉就掉下來了。在打破它之前，碗裏還躺著我的長壽麵呢，這讓我煩躁不堪，似乎這是個不祥的預兆。很快，我就不聲不響地把那堆碎片給處理了，連筷子也是，似乎這事從來就沒有發生過。但直到今天，我還一直想著那碗未吃完的麵，我好想吃了它，再打破也不遲。我的饑餓感因此從未消停過。

我懷疑，那枝我從未照過面的打碗碗花一定藏在我的身體裏，這隱匿的不安，讓我頻頻打碎飯碗。似乎我只是為了聽見那清脆的碎裂聲，然後雙手一哆嗦，它們就真的發生了，那些瓷做的碗就這樣被打碎了，那些經過高溫燒灼的瓷器，在童年的小路上，發出溫暖的碎裂聲。
這些聲音讓我著迷。

鄉村醫生

那個中年「赤腳」醫生在白房子裏把一個女人「弄死」了。他穿著白衣服，白褲子，他指甲乾淨，身上一塵不染，他什麼事情也沒做。可是，那個掛鹽水的女人在掛完鹽水後，還是死在了家裏。女人的丈夫帶著一群人來到白房子，這個悲傷的中年漢子，用沒有淚水的聲音哭嚎著：「把我的老婆還給我。」「赤腳」醫生沒來得及穿上體面的白鞋子，在吵嚷聲的掩護下，跳窗逃走了。

賠了一筆錢。從此之後，「赤腳」醫生在拯救的時候，更感到了痛苦。膽結石病人疼得在地上打滾，哭哭啼啼地求饒：好人，好醫生，快給我來一針吧。他東摸摸，西擦擦，遲遲不敢下針。癌症病人在白房子裏疼得鬼一樣哭嚎，跪地乞求：讓我舒服一會兒吧。他顫抖著去摸那針頭，那個女人的臉在他面前晃蕩，整個白房子裏全是那女人死後的氣味。她是第一次來白房子看病，他根本不熟悉她。

他一直不敢相信自己殺了人。直到那個女人很久也不在村子裏出現，直到有個女孩逐漸長成死者的模樣。他才相信這件事情真的發生了。後來，他終於想明白了，不是他的針頭不對，而是，那個女人出現的時間不對。很多年來，這個村子裏已經沒有死過人了。老年人越來越長壽，中年人越來越年輕。作為村裏唯一的「赤腳」醫生，他們都說這是他的功勞。

這個女人的死給他們當頭一棒。原來，醫生不僅治人，還能殺人。下一個會是誰？他們總不相信會有下一個。他也不相信。他苦思不得其解，最終他只好相信，這是意外。

多年來，他和不知名的細菌、病毒打交道，每個季節都有他需要對付的病症。他懂得給誰使用安慰劑，給誰使用大劑量的藥物，如果有必要，他還開激素、止痛片，他認為這是對付大多數疾病最好的辦法。他不光給人看病，也給豬看。豬不會說話，比人好對付。

他賺了很多錢，那些錢其實是建立在別人的痛苦之上。沒有誰比他更清楚這一點。他關注天氣變化與疾病肆虐的關聯性。憑著職業的敏感性，他們總是很容易就發現這個村莊的易感人群。孩童、體弱的成人以及某些對疼痛敏感的肉體，是白房子裏的常客。連女人也來找他，她們對疾病的描述讓他啞然失笑，那是男人雙手的禁區，可對醫生來說卻是例外。他的職業生涯因為那些膽大的女人的來訪，而充滿隱秘的樂趣。村裏那個常年胸口痛的女人來到白房子，她捂著胸，靠在那條長椅上，哎喲哎喲地呻吟著。他離她半步之遙，他的指尖幾乎戳到那個疼痛的部位，他焦急地發問，是這裏疼麼，還是那裏？隨著他的比畫，女人的臉脹得通紅。

他不動聲色地建立村莊的疾病譜系，他熟悉他們的身體，他知道那些病快快的人，將比表面上生龍活虎，從不進入白房子的人要活得久。有些人一輩子只在他的白房子外張望，不是因為病痛從不光顧他們，而是他們心疼錢或者沒有錢。

而肉體與精神的隱忍者，等到忍不下去的那天，再來白房子找他時，已經無可救藥了。而那些經常光顧白房子的人命運也好不到哪裡去。因為各種藥片和針劑的長期入駐，他們的身體早已岌岌可危。他越來越覺得自己的治療毫無必要，它們是一次滑稽的干預，只是拖延時間，或者為下一次病痛埋下伏筆。可是，就算為了現實考慮，他也不能拒絕他們的求助。他需要活下去，而人們需要無痛苦的生活。他越來越滿足於就事論事，就具體的症狀下藥，他因此感到輕鬆。

有時則相反，他以為自己掌握著村莊的生存密碼。他們的命運就藏在白房子案板上的各色瓶子裏，需要遮光保存，掩人耳目。他小心翼翼地旋開它們，更加小心翼翼地旋上它們。

有一天，白房子裏來了一個久病成醫的人，他有一張久病成醫的臉，他看人的眼神，似乎是醫生看著他的病人。醫生感到消失很久的身體又回來了，作為白房子的主人，多年來他忽視自己的身體，病菌似乎因為他的醫者身份，也很少光顧他。現在，作為一具正常身體的主人，他的身份得到了神秘的確認。

醫生病了，醫生成年的兒子成了白房子的主人。子承父業，在醫死一個人之後，他很快就成了這個白房子真正的主人。村裏人慢慢知道，一個人的死亡與疾病無關，與醫術無關，如果他必須得死，那有什麼辦法呢。哪怕與死亡相抵抗的拯救已經進行多年，哪怕他是一個剛出生的人，白房子的主人會說，不是我想讓他們死，是死亡找上了他們。連村裏的人都會幫著說，這種情況不關醫生的事……那是一個意外。

一個人需要經歷多少事情，才能把一切都順利地，無限放心地歸之於——意外。

照相

從什麼時候起，我們對這一樣事情著迷。讓自己的臉、身體，那裹著身體的衣物，以及衣物之外的那棵樹，那排房子——允許它們也成為這張相片有益的組成部分。是陪襯嗎？或許，只有它們才是主角。這裏要說的是一匹馬，一匹白馬。那個夏日悶熱的午後它被一個中年男人牽來我們村莊，我被抱到馬背上，手握韁繩，足踏馬蹬……在那個關鍵時刻，人和馬都不能閉上眼睛。為什麼不能閉眼？大概是這樣，當一個人閉上眼睛後，當許多人閉上眼睛後，他們看起來就像是同一個人，就像一個睡著或死去的人。

關於那匹白馬，那個美妙的道具，似乎只有和它在一起，我們才能放心地交出自己的靈魂。多年來，我們一直尋找它，後來，白馬被置換成某個男人，某片海灘，某座夜色彌漫下的莊園。我們找到了它們，又弄丟了它們，越來越難。後來，因為道具的缺乏，又無法忍受那個世界的孤單——似乎照片是另

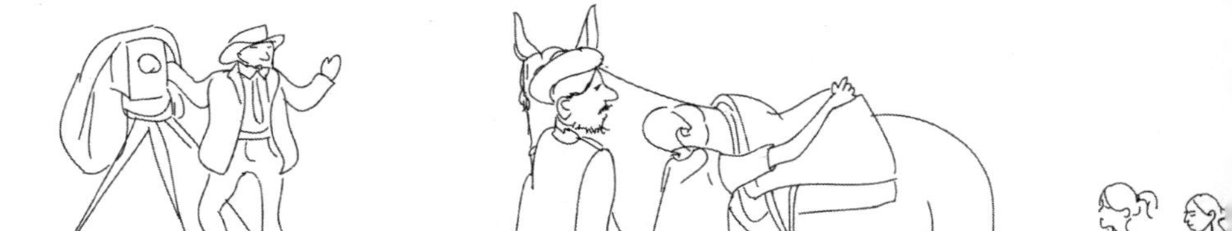

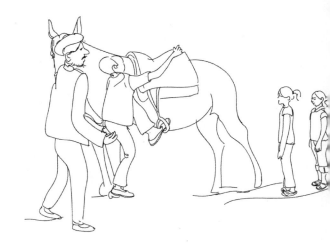

一個世界，一個上得去，下不來的舞臺，無法衰老，無法回到自己的肉體——於是，攝影之心大減。於是，身體的美好逐漸消失，連存在過的證據都沒有。

可總有這樣的時候，我們被照相，被逼迫著交出自己的身體。因為有時它恰恰是我們在人群出沒的憑證，貼在各種證件、表格上，是活著與死去的人都必不可少的。

村裏人把故去之人的遺像掛在牆上。但更早之前死去的人，連這個也沒有。因為沒有，似乎他們就沒有死過。作為遺像的表情，似乎是為死亡預置的，無論他們嘴角歪斜到何種程度，連那最正常的笑，也飽含深意。我們很想把遺像置於火光或雨水之中，看看它們會不會因為灼痛而流淚。一張好的相片該有這樣的品質。可惜遺像沒有。

祖母不喜照相，不是她拒斥新事物，而是，她對照相的環境簡直到了苛刻的程度。她不能在屋簷下、灶台間、天井裏拍照，所有這些日常生活的地方她都不想讓它們成為相片裏那永恆的背景。有一次，我們把她領到田野裏，正是麥苗青青的時節，有廣闊的背景，與屬於那個背景的寂靜。這下總該滿意了吧。沒想到，她卻說，我的衣服不行。我們沒有辦法搞到讓她滿意的衣服，那樣的衣服不存在任何一家裁縫鋪裏。有一次，她特地做了用來拍照的新衣，可在村莊裏尋覓半天，也沒有一個地方能讓她坐下來。為了讓日漸衰老的她留下最後的形象，我們偷拍了幾張。但在那些洗出來的相片中，竟沒有一個像她。這讓我們百思不得其解。

在母親那裏情況是這樣，照片拍了，也洗出來了，卻被她撕了。照片上她的表情完全是受驚嚇的。「這怎麼可能，這絕對不是我」，她認為那硬紙片上騷首弄姿的中年女人不是她。別人的氣息跑到她身上來了，這與她何干？她對照相寄予厚望，她以為它們能讓她變個模樣，煥然一新，連自己也不認識的新人。可她還是失望了。

村裏有一個人，她對自己的形象達到了癡迷的程度，幹家務時拿玻璃當鏡子，河邊洗衣時拿河水當鏡子，與人說話時把對方的眼睛當鏡子，人家問她：你這麼想照鏡子啊？她總是自言自語：我想要看見眼睛背後的東西呀。原來，她愛上了一個男人，她丈夫之外的男人，她時刻以那個男人的目光凝視自己。

照相時，是不是有一個人在鏡頭那邊看著你，一直一直看著。當你微笑時，你是對著一個具體的人在笑。你所有的表情都是來源於他，因為愛情，或者恐懼。如果沒有這樣一個人就會走樣。走樣的那個人不是你，只是你的外殼。

如果是靈魂的照相術，我相信，一張照片，把它置於火光之中，它會因為疼痛而流淚。

捕蛇人的遭遇

那些有毒的蛇與無毒的蛇一起在密林裏出沒，憑人類的凡俗之眼，往往不能鑒別它們中誰是最兇狠、最毒辣的族類，連最精明、最見多識廣的捕蛇人也有馬失前蹄的時候。當捕蛇人遇到一條經過偽裝的毒蛇時，他可能的厄運就要降臨了。村裏的茂青就因為一條毒蛇送了命。捕蛇人喪命在一條毒蛇手裏，他們就說，這是報應啊，茂青下輩子要成為一條毒蛇了。

那條蛇的名字叫竹葉青，當捕蛇人茂青背著竹簍在夜色中穿行時，那條竹葉青先是纏住了他的簍子，然後一口咬住他黝黑的脖頸。

另一個版本是，那條竹葉青混在蛇群中，使用變幻色，褪去鮮綠色的魚鱗花紋，喬裝打扮，致使茂青毫不設防。

一條有備而來的蛇，殺死一個毫無防備的捕蛇人，一個捕蛇人怎麼可能毫無防備？這種陰謀與暴虐並存的事，歷史上屢見不鮮。事實上，很多事情只有如此才成功。問題在於，一條蛇，竟有人的智謀，實在讓人詫異。

瀕臨死亡的茂青全身腫如浸了水的浮屍。成為浮屍的捕蛇人，對自己的職業生涯進行了懺悔。他沒有子嗣，這些遺言落不到實處。他的懺悔以異常驚恐的方式進行，他毫不迴避死亡，他捶打床沿，他聲色俱厲，他說，我就要死了，你們中如果有人學我，那會死得比我還慘……。真慘哪，他的聲音都變了。好似一個從此之後不能說話的人，在進行最後的聲帶狂歡。

捕蛇人要求在他意識仍清醒之時，請教士來超度靈魂。這可沒有先例，就如白天還未到來，太陽怎能升起？肉體還未死去，安魂的曲子怎能先期而至？可他唯一的姐姐為他做了這事，這個勇敢的村婦頂住壓力替他操辦一切。捕蛇人受疼痛煎熬的身體，在神秘的經文中，慢慢地，疼痛止息。他閉上了眼睛，關上了嗓門，腫脹的四肢像浸了水的茶葉一樣，舒展開來。他的身體安靜了，他的靈魂呢？

關於捕蛇人靈魂的歸宿，村裏有兩派不同的說法。一派認為，殺生為孽，他怎能逃得了被蛇追捕的下場。另一派以為，因為可貴的懺悔……或許，還有回轉的機會。

在茂青之後，村裏捕蛇的職業就後繼無人了。很奇怪，沒有捕蛇人，也不見蛇在村莊裏出沒。看來，有些職業根本就沒有存在的必要啊。有一次，遇見茂青的姐姐，問她有沒有茂青的消息？在我們村裏，這是一句暗語。我是問她，有沒有去給茂青招魂。這是活人想要知曉亡人消息的唯一途徑。茂青的姐姐卻告訴我另一件蹊蹺的事，有一條蛇死在茂青的墳前，盤著身子，層層迭迭，好像蚊香片。看到時，它的身子已經風乾了。

我經常在路上看見蛇褪下的皮，風乾的白，粘在草叢裏，如出竅的靈魂。那條在茂青墳前出現的蛇，要表達什麼意思？畏罪自殺，陪葬，還是報應？這真讓人看不懂。

有些生命的離開，不是因為體力衰弱，陽壽已盡，而是因為羞愧。茂青和那條蛇是不是屬於此類？

一個懂鳥語的人

我不知道那些候鳥如何在每年差不多固定的時日飛到我們村莊，又在差不多的日子裏離開。那些靈活的飛行物，有時在地面上覓食，噠噠地行走，它們步態嬌羞，雙足發出赤裸的回音。更多時候，它們在離我們不高也不低的半空中飛。這是我們的手構不到的位子，也是我們的身體所無能為力的。那是鳥的世界，它們在人類的頭頂之上牢牢地建立自己的世界。

那些飛來飛去的鳥，它們嘰嘰喳喳，吵吵攘攘，體型輕盈，精力旺盛，有說不完的話，一會兒落在樹枝上，一會兒停在草垛上，它們逐人群而居，它們喜歡在人類的屋簷下停留，它們尋找舊日的巢穴，熟悉的風景，雨水的聲音，它們似乎在尋找懂鳥語的人。村裏啞巴的屋簷下，幾天之內，來了幾撥鳥群，它們把巢穴築在那裏，一字兒排開，是白色的城堡，也是讓人難堪的存在，萬一，它們的排泄物掉在頭髮上……啞巴的丈夫是個歪嘴，但會說話。歪嘴說，怪，怪討厭的，我去戳了它。啞巴一個勁地眨眼，發出哦哦哦聲，拉扯男人的衣角。男人丟了木棒，想說什麼，卻「那個那個……」地，口吃了，說不出來。歪嘴把嘴一歪，泄了氣，不去戳鳥巢了。

從此，飛到啞巴屋簷下的鳥越來越多，那白色城堡的規模在擴大，啞巴一天到晚不停地「哦哦哦」著，好似在和鳥說話。鳥兒停在電線桿上，她「哦哦哦」地喊著。鳥兒在池塘上空壓低了身子飛行，她也「哦哦哦」地喊著。她只會哦哦哦地說話，村裏人都要笑她。

有一天，一隻麻雀停在窗前，發出「嘰啾啾——啁——」的聲音。啞巴一時興起，對此進行了回應，沒想到也能「嘰啾啾——啁——」起來。鳥兒樂了，她也樂了。這人與鳥之間的對話，就這樣「嘰啾啾——啁——」地進行下去，他們一天比一天說得多。

直到有一天，啞巴的肚子忽然淺淺地隆起。他們發現了這個秘密，奔相走告。他們要拉著啞巴去做人流。啞巴是歪嘴從路上揀來的，那天，他走啊走，走了很多路，看見一個女人蹲在道旁喝露水，他對女人說，跟我回家吧。女人不吭聲。他以為女人不同意，就一把抓住她的手狂奔。啞巴一路「哦哦哦」地被歪嘴攥著跑回家，從此之後成了他的老婆。啞巴懷孕了。他們說，村裏有一個啞巴就夠了，不能再生個小啞巴出來。

他們要拉著啞巴去做人流，歪嘴的嘴更歪了，哈喇子也流了出來，他還沒想好家裏要不要多一個小啞巴，他們已經把他的啞巴老婆拉到鎮上衛生院去了。他們把啞巴抬回來，扔到床榻上，對他笑笑，說，這下可以放心了。

結紮後的啞巴，她的聲帶也被紮住了似地，連「哦哦」聲也發不出來。歪嘴看著自己一語不發的老婆，很著急，他著急地說不出話來，他指著屋簷下的鳥巢，「哦哦哦」地叫起來。啞巴笑了，也「哦哦哦」地進行回應。從此，兩個人經常抱在一起，一塊「哦哦哦」著。

啞巴屋簷下的白色城堡越來越密集，許多鳥慕名而來，打鳥的人也慕名而來。啞巴不僅會「哦哦哦」，還會「嘰啾啾——啁——」，現在她又學會了「噓噓——霍霍」聲。一旦有彈弓張開，她就嘴巴撇起，嘴唇呈橢圓形，發出「噓噓——霍霍」聲，聰明的鳥們很快就明白了，這是危險逼近的信號。

啞巴給鳥兒們傳遞情報。情報的內容越來越豐富，由聲音的輕重、緩急、長短音來呈現不同的含義。啞巴的鳥語越來越豐富，從而對人語越來越不在乎。有時候和歪嘴交流，竟也說鳥語，而更讓人吃驚的時候，說得多了，連歪嘴似乎也聽得懂一些。或者，似懂非懂。他有時候想，怎麼回事啊，這鳥語並不是很難懂呀。

啞巴越來越對與鳥的交流產生了興趣，特別是那些候鳥，由於經過許多地方，夾雜著多地方言而來，尤其值得她反覆領悟、揣摩。因為對鳥語有意識的模仿，逐漸糾正了她在語言方面的弱智，她從沒有像今天那樣發覺，自己的嗓音裏竟然藏著那麼多秘密。

一個啞巴的成功在於她學會了鳥語，她成了村裏唯一一個能與鳥兒直接對話的人，至於她能不能與人說話，這已經不太重要了。

傻女人

下雨了，她戴著斗笠，蹲在雨霧彌漫的河埠頭上，一邊浣洗，一邊抽煙。噙著煙蒂的嘴唇微微抖動著，煙灰抖落到衣服上，也掉到水裏，被水融進更多的水裏。很快，雨水和煙霧就把她的臉弄得模糊。

這麼多年，她唯一學會的技藝似乎只是，如何讓那些無處可去的煙霧從她的鼻孔裏順利地鑽出來。起先她只是躲起來偷偷地抽，沒有錢，就背了米袋與人換。世上沒有不透風的牆，這事情被丈夫知道了。他一氣之下，把劣質香煙整條整條地買回來，抽吧抽吧，抽死了最好。男人一張殺豬匠的臉，惡狠狠的表情，對這樣的女人，他還能指望什麼？果然，從此之後她就旁若無人地騰雲駕霧了。閒暇時抽，幹家務時抽，蹲在馬桶上也抽，既然是得到了許可的事，何必再避人耳目？只是，那張霧氣騰騰的臉，被煙霧嗆得淚水連連的臉，再也無法讓人看得更清楚些。

她還喝酒，喜歡喝馬尿似的啤酒，在無人的院落裏，一杯接一杯地續飲，直到不省人事，爛醉如泥。酗酒事件，在一個農婦那裏，竟有種無恥的暴虐感。別人忙得昏天暗地，她在那裏爛醉如泥，這近乎荒誕。可是，世界之大，她能幹什麼呢？

祖母一個勁地說：「她竟然背了米來和我換煙抽，我不同意，她就哭，她竟然……那麼膽大。」說來說去，就這麼幾句，對這麼一件簡單的事，祖母毫不評判，甚至面無表情，卻反覆嘮叨，真是奇怪。當然，沒有人真的會計較她所做的這些，她只是這個村莊裏一個不太正常的女人，做出一些不太正常的事，一切都是正常的。

村裏那麼多女人都過上了好日子，扯起一件件花衣裳往身上披，一次次出遠門，坐火車，長見識，見識了外面的世界，還有外面的男人。可她呢，因為傻裏傻氣，加上窮，什麼也沾不上邊。

一個女人活一生可不容易啊。自從煙不離手，酒不離口之後，她才慢慢領會到做人的妙處。當然，煙癮犯了的時候，她也難受得一把鼻涕一把眼淚，見人就討，淒然灑淚，好似山崩地裂，再也無法活下去了。只需小小的一支，就能讓她咧嘴而笑，絕處逢生。

這些都是笑柄，可真的見了她，卻怎麼也笑不出來。這個抽煙又縱酒的女人，完全顛覆了好女人的形象。真是一個任性的女人，她的任性裏有一種吸引人注意的孩子氣，也就是傻氣。

她對所有從外面回來的人，都笑兮兮地套近乎，就差拉著別人的衣襟了。偶爾男人們也會向她遞煙，這樣她的嘴就歪得更厲害了。她想知道的東西太多了，但她什麼也不問。

事物在變化，作為一個傻女人，她已經找到了自己的動作和手勢。在村莊裏居住很寂寞，繼續住下去將更加寂寞。人越來越少，時間多得用不完，一個人是死是活與世界不再有關係，這樣的時候，你該怎麼辦？這個傻女人其實非常聰明地找到了矇蔽歲月的辦法，那張酗酒者的臉就是明證。

那個給自己掃墓的人

一年到頭，只有一個日子，人們才會去那裏。那個地方叫墓地。墓地在山坡上，地勢高，風水好，有利於靈魂望遠和棺材保存。

清明日，映山紅怒放的山坡上，隆起的土堆前，祖父慢騰騰地從籃子裏取出幾碟小菜，春筍、豆腐、小黃魚、豬肉、荷包蛋、大蔥、清明麻糍一一擺放於早就拾掇乾淨的先人墳前。年年如此，從不輕易更換。春筍和清明麻糍代表節氣，魚肉是富裕生活的象徵，黃燦燦的雞蛋則是農家必備，大蔥大概則寄予著子孫聰明吧。海邊人家還要備一碗螺螄。

祖父從竹籃裏夾出四個棕色酒盅，給先人一一上酒。祖父鄭重地告訴我：酒不能滿上，得慢慢續。我們點點頭，把續酒的活攬下了。

待擺好祭品，上了酒，祖父開始點燭，焚香，雙手合十，煙從他蒼黑的指縫流出，嫋嫋升起。他雙膝著地，喃喃自語：叔公叔婆太公太婆，今日清明，小菜擺好，慢慢來吃，管顧（保佑）子孫興旺、聰明伶俐。

簡單的「招魂儀式」完畢，我們雙手合十，在空氣中上下晃了幾回，又緩緩放下。祖父的話，我們道不出口。土裏埋的人，我們也陌生。

祖父是讓我們認路來的，他怕自己一死，我們連祖先的墓地也找不到。我們卻是看風景來的。山裏真安靜，偶有布穀鳥「布穀布穀」地叫，任何人帶來的氣息，煙燭、食物的味道，只消一會兒，便被山林吸得乾淨。

在等候先人靜享祭品的當兒，祖父拿出柴刀清理雜草樹枝。一年時間，墳墓四周已是野草萋萋。灌木頑固地紮下了深根，芒草長滿周遭土堆，並有蔓延成片的趨勢，祖父能做的只是斬去一些蕪雜的枝葉，至於它們的根仍在深處埋著。很快，墓地被清理乾淨，看上去像一個墓地的樣子了，似乎亡人的身份再次得到了確認。一路上路過無數的墳墓，那些在村子裏消失了的原來都住到山上來了。

祖父的墓地在銅山嶺，一個活人擁有自己的墓地，似乎匪夷所思。在家鄉，老人一過六十，就要找風水先生選墓址，甚至棺材、壽衣、墓前的石凳石桌之類，都要提前備下，以防不測。祖父的墓地墳前無碑，遠遠看去只是一個隆起的大土丘，石碑石凳石桌石獅子，還在家中的雜物間裏擱著，每次推門看見，都有驚悚感。

我們問祖父：銅山嶺的那個土堆裏可有什麼啊？祖父正色道：裏面點著盞燈，等油燈滅了，我和你奶奶就要到裏面去了。我們很詫異，好似真的看見了一水缸的油，一粒黃豆大小的燈苗在上面跳動閃爍。墳墓裏應該沒有風，不然燈早滅了。墳墓裏應該還有一個在日夜添油的人，不然這麼多年了，燈怎麼還是亮著的。

祖父六十歲選的墓址，今年他都九十幾了。這三十年來，一個洞穴無聲無息地等著人來。而每年清明，那個它所等著的人，卻歡蹦亂跳地來給它鋤草、斬棘、上供，如此延續若干年，直到那個人躺著被抬到這裏來。

至此，真正的掃墓人才開始登場。

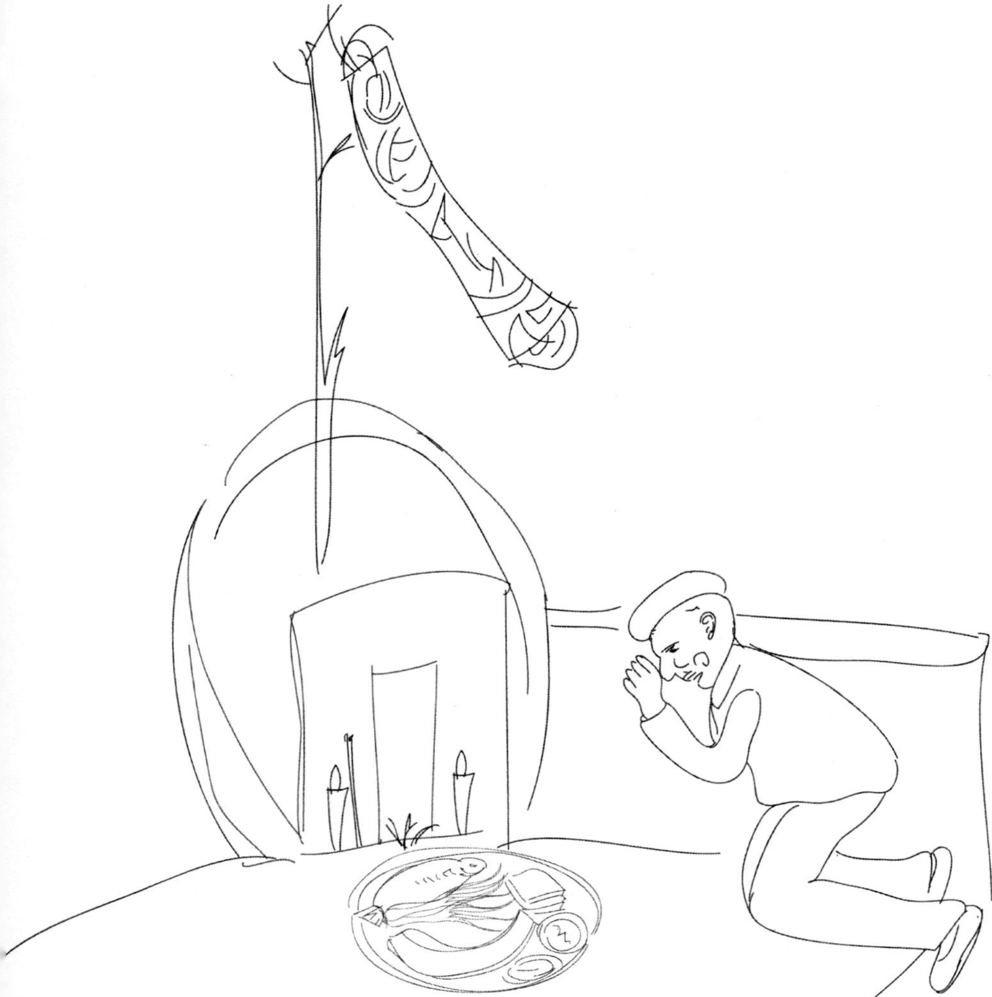

乞丐的風度

早年，經常來村裏的乞丐有富貴、西稻，他們都是鄰村人，是我知道名字的。後來，他們漸漸不來了，或許老了走不動了，或許死了也未可知。乞丐換作了別人，操著外地口音，在村裏人家的門口一站，滿臉堆笑，嘴巴也不閒著：大叔大嬸，行行好，可憐可憐我吧，或大叔大嬸，恭喜發財！也有化緣的和尚，帶來金色的佛像，喋喋不休地講著因果報應。對於和尚，村裏人是不大搭理的，連那些念佛的老太太見了也討厭，纏惱了才摸出一塊錢扔出去。

有一次，村裏來了對乞丐夫妻，除了錢，也要東西，男人牽著女人的手，男的要到什麼好東西，先遞給女的。幾個婦女見了，對著自己的男人罵罵咧咧，覺得自己還不如一個討飯人的老婆。這是近年來村裏的乞丐中少數的古風猶存者。

閒時無聊，村裏人也會說起從前的乞丐來。說得最多的還是富貴、西稻，或者一些帶著特殊道具的流浪人，他們只在村裏出現過一次，以後再也沒有來過。他們是背著猴子的江湖浪人，帶著胡琴的瞎眼或假裝瞎眼的藝人，老人們對這些窮苦人印象深刻。

富貴。乞丐叫這個名字，多少有些嘲諷意味。富貴，身材矮小又瘦，整張臉似乎只剩兩隻眼珠在滴溜溜地轉，有些狡黠的意味。他背著什麼包袱，我有些忘了。他沒什麼技藝，吹拉彈唱一樣不會。但淪到做乞丐這一步，照例是有些本事的。他明明是來乞討的，還能與你拉拉家常，操的也是本地方言，看起來實在不像乞丐。起先他是一個人來，後來帶個女人一塊來，女人不說話，看起來不像本地人。青黃不接的時候，富貴很少來，這段日子他在幹什麼，在別處乞討，還是待在家裏休整，我不得而知。乞丐是不種田的，種田很辛苦，不如乞討來得容易，當然前提是能撕破臉皮。

富貴一般在清明、端午、七月半，或過年前後路過村裏，我們村是他回家的必經之地。每次來時，只要是重要節日，他行囊必滿，滿嘴油光。我從沒見過他狼狽地向人乞食的場景。富貴來了，往人家門前柱子上一靠，沒有外鄉人那樣可憐巴巴的模樣「給點吧，給點吧」，似乎是理所當然地，他只往那裏一站，眼珠滴溜溜轉著，時不時往你屋裏睄兩眼，直看得你不給不行。清明給模糍，端午給粽子，七月半有麥蕉，如果實在什麼都沒有，往米甕裏抓把米給他就是了。除了錢，富貴最喜歡人家給他米，據知情人講，富貴把吃不完的米背到集市糶了換肉來吃。總之，富貴的智商毫無問題，真正的乞丐智商都是沒有問題的，只是懶吧。

西稻卻有些神經質。他長得比富貴要高大，卻沒有富貴精明，發起瘋來有些可怕。他到村裏要乞討的時間不像富貴那麼掐得準，不管節日不節日，他來了就是一場瘋子似的表演。村裏的孩子追逐著他，看他在人家屋前的空地上撐根竿子跳啊跳，嘴裏還念念有詞，大概是些瘋子的胡話吧，一句也聽不懂。

小孩是有些怕西稻的，但又喜歡看他的表演，這給他們貧乏的鄉村生活增添了許多樂趣。有一次西稻瘋瘋癲癲地走進一戶農家，要主人請他喝酒，他眼睛發紅，手腳在哆嗦，樣子有些可怕，孩子們都停止了笑談，作出隨時撤退的架勢，怕他冷不丁拿起案板上的菜刀，或做出別的暴力舉動。男主人給他泡了一杯紅糖水，讓他坐下。西稻訥訥不言，臉上現出滑稽的表情，似笑非笑，倒也慢慢安靜下來了。他一口紅糖水也沒喝，卻直嚷嚷：我喝醉了，我喝醉了。惹得孩子們都笑了。西稻笑得更厲害了，一邊往村外走，一邊嚷嚷：我喝醉了，我喝醉了。

那年，西稻大概也有四十幾歲了吧。西稻住我們鄰村，據同村的人說，他把自己的房子打扮成一座廟宇的樣子，柱子包成金黃色，屋內設一燭臺，常年煙霧彌漫，樑上垂下無數布匹，五顏六色的，像飛來瀑布，讓人想起電視裏武林高手在布幔間飛來飛去地打鬥。我沒有進過西稻在鄰村的屋子，但隨意想像一下，就駭然了。西稻的房子想必不會大，一個窄小的空間掛那麼多布匹，又有燭光香煙嫋嫋而起，人躲在布匹裏，是要讓人嚇破膽的。我們上學的路上就有座寺廟，從樑上垂下的五彩布條在風裏招搖，很多乞丐就睡在這裏，偶見炊煙升起。乞丐其實並不可怕，怕的是其中瘋癲癡狂的人。西稻雖然有些癲狂，但畢竟沒傷害過我們，我們也是不怕的。

捫虱而談的乞丐狂人生活中畢竟鮮見，我年少時見過的這兩位乞者照例也是有其靈魂的。特別是西稻，他癲狂的個性未嘗沒有古人的遺風，只是在庸俗的境遇中終於稀聲了，我長大後再沒有他的消息。富貴聽說活得不賴，到底有家室，頭腦也好使，衣食還是無虞的，見了他的人，都說許多年過去了，我們長大了，可他還未老，仍然是小眼珠滴溜溜地轉著，似乎被時光施了魔法，這怎麼能夠呀。

豬這一生

一頭豬崽從養殖場買來，直至作為過年禮被填進無數人的肚子裏，它在村裏待得最長也不過一年有餘。它們即使不在過年被殺，總躲不過接踵而至的小主人婚期。人們最歡樂的時刻，卻是豬最悲戚的時候。還有什麼比結束生命更讓人絕望的呢。對於一頭豬發出的聲音，人們聽不懂，也不想聽。事實上，豬很少發出聲音，吃飽喝足它就知足了，吃不飽喝不足，也只是哼哼唧唧地低語兩聲在豬圈裏打個滾也便完了。豬的吃食甚至連粗糙兩字都談不上，它幾乎什麼都吃，油膩的洗碗水，腐爛的紅薯，隔夜發黴的菜蔬葷食，只要人不能吃，甚至雞、鴨也不屑啄食的，人們便往餵豬桶裏一倒，它來者不拒，吃下去的東西一點也不捨得消耗，全變成白花花的肉。豬的居住環境更是糟糕，吃喝拉撒全在裏面，臭氣薰天不說，還污水橫流，蚊蠅滋生，人一刻也待不了的地方，它卻常年累月地待在那裏，待上一輩子。

村裏的豬都是被閹的，它們究竟在什麼時候又由誰來完成這種殘忍的手術，我一概不知。小時侯常聽見有人叫嚷：閹豬嘍，閹豬嘍！這聲音從村外進來，漸漸遠了，直至什麼也聽不見，卻從不見什麼人進入豬圈，他們難道只在這村裏走一遭然後慢慢回去？豬如果聽見這聲音，會作何種感慨？可是所有的豬到底都是被閹割了。

閹了的豬都是安安靜靜地，只會吃了睡，睡了吃，然後長膘。待到被宰的那一天，也是哼唧兩聲，在脖子上抹一刀，來不及反抗就結束了渾噩的一生。

偶然，一頭豬會在天氣很好的時候，趁著主人外出，衝出木柵欄到外面曬太陽。或許是從來不見太陽的緣故，在外面奔跑的豬有些瘋癲，橫衝直撞，從來就不懂什麼規矩禮數，往曬穀場上奔，往莊稼地裏竄，雞鴨避之猶恐不及，連老成的狗見了都有些害怕，以為從哪裡來了怪物。豬一生中僅有的一次外出，將以主人的斥責外加棍棒伺候而告終，從此更被加固了防線，再無出走的可能。

更多的豬一輩子也沒有走出過豬圈，它們離開豬圈的那一天，也就是生命從豬圈消失的時刻。它們滿懷豐收的悲哀，大腹便便地告別這個世界。而這個世界的人正磨刀霍霍、喜氣洋洋。

在死亡面前，動物們都平等。可在死亡之前，再沒有別的動物如豬一般長期忍受形體的囚禁，雞鴨是自由的，它們過菜地、刨果園，一日到晚「咯咯咯」地不知去向，主人也不罵，還怕它餓著，不時呼它回來吃食。特別是鴨，它還能去水中悠游，連蛋也可以不必按時趕回來下，隨便在草叢卵石上一蹲，遺留給孩童尋覓的驚喜，真是率性之至。

再看那些大件的動物——牛與羊，無不是白日在山坡上站看雲彩飄飄，銜著草兒，趕著蚊蠅，吃飽了順便也看看風景，在自然中舒筋展骨，臨了還忘不了叫兩聲以示歡暢。

豬就沒有這等幸運了。小豬剛出生時，或許撒了幾天歡，過了幾天好日子，小調兒哼得也動聽，等被關進那暗無天日的去處後，它不僅模樣邋遢破敗，連聲調也變了，醜陋的嘴唇除了吃，就是一日日在豬圈裏拱來拱去，發出叫人難受的哼唧聲，完全沒有當初的可愛樣。

哪天主人進豬圈發現昨日的豬食竟安然不動，他們這才知道豬病了。豬很少有生病的時候，可是病了也不能小覷，趕緊叫赤腳醫生來打一針吧。村裏無獸醫，這赤腳醫生主要是給人看病的。既然能給人看病，給豬看病更是綽綽有餘。豬不會說話，它生病的唯一症狀就是不吃不喝。等打過這一針（很少有打第二針的），恢復了正常吃喝，這病也就好了。在我的記憶裏，豬很少生病，即使病了，也是打一針就好的，從沒見過哪家的豬生病至死，不像雞，存活率極低，不是雞瘟就是死於噎食，能活到過年祭祖的，已屬鳳毛麟角。

豬是鄉間貧寒一家的希望，小孩學費、婚宴排場、起屋造房，全在這頭豬上。除了把一頭豬崽養成三百來斤的大肥豬賣掉，他們再也想不出別的生錢之道。為此，農人小心伺候，不敢疏忽，農活中有大半倒是為它而做。小孩割的豬草，苜蓿，豬耳朵草，番薯葉，它都能吃。大人種的莊稼，南瓜、番薯、蘿蔔、冬瓜，人能吃多少呢，倒有大半都是餵了它。如果不養豬，一個家庭可以少掉多少農事辛勞，可在村裏，還沒有不養豬的人家，有人一咬牙，一養就是兩頭、三頭，一年到頭，為了豬苦成了什麼樣。

既然豬這麼值錢，半夜裏，總有偷豬賊來到村裏，東看西瞧，伺機下手。可豬卻不容易得手，體積龐大（少說也有一二百斤）不說，豬圈裏又髒，殺豬般的叫聲更容易暴露目標，所以，做偷豬賊的很少有成功的，能偷走的不過是雞鴨之類的小物件。

看一頭豬被屠夫大卸八塊絕對是童年的樂事，那時根本不懂什麼叫殘忍，只看到豬肚子裏滿滿當當的東西，像一床白花花的棉絮，訝異極了，再看那腸子裏擠出的黑漆大便，更是吃驚不已。作為豬它一生的所有秘密，竟全在這裏了，雪白晶瑩的腹中天地，如此乾淨，對比身外泥潭似的世界，一切昭然若揭。

一隻豬以純潔的面目結束了人世骯髒破爛的生活。因為它的消失，人世多了些大腹便便的身影。

山坡羊

鄉間養羊者不多，雞能下蛋，牛能耕田，兔能賣毛，羊能做什麼，不過是年終的百來斤肉，肥碩的豬能賣大價錢，可以給貧寒的家境一些切實的撫慰，羊則瘦不拉嘰的，靦腆，清寒，似有滿腹委屈。養羊之人從不奢望它能給家裏帶來財運。養羊似乎是信手拈來的事，一個農民在地裏忙活孤獨極了，能聽聽羊的叫聲也是不錯的。

養羊是省力的，山坡上那些啃了又長的青草就是它的美食，羊和牛、兔子一起分享大地的慷慨賦予，把這個角落的青草啃得精光，就去別處覓食。在羊的世界裏，沒有凶年和饑荒，雨水稀少的時候，草在生長，雨季來了，青草更是如韭菜般瘋長，油綠、閃光，它們的食物來自時間，從神秘的地心深處來。羊所做的只是等待。當人餓到要與羊搶食的程度，那些羊也不配活了，這樣的時候畢竟少數。冬天是草木的休眠期，期間的羊時常處於半饑餓狀態，但饑餓並沒有改變羊的本性。

羊咩咩的叫聲有那麼一點淒清的意味，又帶著孩童撒嬌的歡喜。從體形上，人們推測羊是一種柔順的動物，在某個陰險的黃昏，童話裏的它們被某種狡猾的獸類圍攻，最終被分而食之。它的叫聲或許就是在那時候落下的生理暗疾。在這個充滿愛意的世界，它向人們提醒若干年前山坡上那次詭異的事件。

羊有白鬍子，給人老氣橫秋之感。還有那尖長形的臉，天生是不良的隱喻，長臉總不及圓臉可愛啊。羊似乎一生下來就老了，可當它吧嗒吧嗒地看著你時，卻心慌不已，這樣一隻羊，它想表達什麼人世間的悲傷呢。

羊屎像一粒粒黑色的藥丸，是中藥裏的逍遙丸，又像黑色的小野果，豆狀的東西隨便灑落在路邊草叢裏，一粒粒，小心翼翼的，有青草味。所有食草動物的屎都有青草味，它們氣味純淨，無任何不潔的氣息。

山坡上的羊默默地啃草，油綠的羊齒植物漸漸進入它們的體內，啃累了就咩咩地叫幾聲，過著和祖先一樣的生活。養羊的農人寥寥無幾，羊不能耕地，無助於農事，它也不像豬那樣盡長膘。村裏的鰥夫養了一頭羊，只為了給兒子的婚宴多加一道菜。村裏還有幾個人也養過羊。印象中都是一些弱者，有光棍漢、患羊癲瘋的青年，還有一個孤獨的老人。他們曾經和羊一起在這個村莊進進出出，黝黑的臉龐留著與陽光過度親近的痕跡。有一天他們的羊忽然不見了蹤影，他們本人好像也在村裏消失了一般，過了好一陣子，才忽然在哪個場合出現了，宛如見到了陌生人。

他們已經不放羊了，他們孤獨的形象讓人詫異。

山坡羊

牛的流淚

鄉間動物中，沒有比牛更勤勉的了，它們對農業的貢獻，使農人感激涕零。在機械遠未普及的年代，牛是農家最重要的勞動力。農忙季節，牛是主角，人只不過是附庸，一戶人家肯把牛相借，那是天大的面子。

牛當然是吃草的，農忙時農人不光給它吃上好的草料、番薯藤，還給它吃黃酒，裏面打個生雞蛋，人做脫力了也是這樣吃。村裏幾乎家家都有牛，即使家境差的，也在想方設法牽一頭牛回家。沒有牛，誤了春耕插秧，會影響一年的生活。

放牛是鄉間孩童的必修課。孩童一路牽著牛，牛繩緊攥在手裏，麻編的繩子，有股來自牛身上的氣味。人在前，牛在後，人有巧智，牛有蠻力。孩童貪玩，尋一塊肥沃的草地，把麻繩栓在樹杈上，任牛在這個距離內隨意吃草走動，自己則去附近的坡地上摘果子，採野花或蹦跳著從這塊地跳到那塊地，約摸著等它走過了一根繩子所囊括的區域，就過去給它另換地方，還得找棵樹，照樣拴著。最怕的是牛掙脫了束縛，滿山跑，糟蹋莊稼，亂吃亂啃，又拉不回來，那真是要急死人。牛的力氣是很大的，任你拉破鼻子它仍原地僵持著，這時候就要用上趕牛的工具了，狠狠心用細竹條在它後背猛抽幾下，它感到疼了，才漸漸鬆了腳步，任你牽拉移動，算是服了輸。

牛很少發出聲音，最吸引人的是它的大眼睛，動物中這樣的眼睛最接近人眼，極慈善溫柔，永遠都是濕漉漉的，好像蓄著一汪清水。清冷的早晨，輾轉反側中冷不防聽到牛欄裏傳來的一聲「蠻——」，好似有大難來臨，再也無法入睡。起身一看，牛還在欄裏，睜著大眼，嘴裏在咀嚼著什麼，身子矮了一截，趴伏在乾草堆裏，恍惚還在睡夢中。從沒見過牛閉著眼的，它們如何度過那些漆黑的夜，它們有深睡眠嗎，靠什麼來恢復白日裏耗損的體力，這些都是謎。

泥漿渾濁的農田裏，牛在犁地，人跟其後，扶犁趔趄而行，牛的耳朵、脊背上都濺了泥點，人的臉龐、臂膀上也全是。人是老的，牛更顯其老，他們慢騰騰地在廣闊的天地間犁出一年的收成來。

牛有強脾氣，牛耍脾氣時，人就用細竹條抽它，或者狠命拉麻繩，以便約束它。但這些都無用。懂它的主人，會以巧妙的方式來哄著它，從而駕馭它。

牛很安靜，安靜地咀嚼或反芻，很少發出聲音，但我知道牛是會流淚的。村裏很多人家的牛都是經幾次轉賣才來這裏安家，大多已垂垂老矣，很難適應繁重的田間耕作。可是，誰家也捨不得讓老牛休息，當初買它就是為了幹活的，只要它還能起來，就要讓它勞作，又沒有別的勞力來取代它。

村裏小華家的牛幹活脫了力，躺在牛欄裏幾天起不來，主人還拼命吆喝著它去給人耕地，以賺取錢財。苦命的牛終於徹底癱在了欄裏。赤腳醫生來看過了，說沒用了，就地埋了吧。主人不肯白白埋了它，屠宰場的人也來看過了，嫌有病不肯要。主人決定殺牛。村裏人還沒有見過殺牛的，屠夫也只殺過豬。殺牛的那天，全村轟動，很多人跑去看。去看的人回來都說，真是太可憐了。我想像著那頭瘦骨嶙峋的老黃牛被人從牛欄裏抬出來時，雙腿枯枝般垂下，眼睛吧嗒嗒地望著來人，眼角似有淚花閃爍，殺它的男人嘴裏叼根煙，笑嘻嘻地把它抬到一塊空地上，他們擺好陣勢，決定以殺豬的規格來殺牛。

童年的我沒有親臨現場，只聽他們說當殺豬用的尖刀刷地捅向那頭老黃牛時，只聽見它輕輕吼了兩聲，眼眶裏蓄滿淚水。這個場景似親眼所見般印在我的記憶裏，怎麼也無法抹去。

一頭病牛以被屠殺來結束鄉村生活，多少是悽惶的。人們能夠接受雞、鴨、豬的被殺戮，卻無法理解怎麼連老黃牛逃脫不了這樣的命運。它們一輩子在田野裏耕作，耕出金燦燦的稻穀和整個村莊的衣食住行，小溪邊曾留下它們喝水的影子，坡地上的草木因它們嘴角的親吻而愈加繁密，它們把汗水灑在這裏，和這個村莊的草木蟲蠅一起度過了沉默無語的一生，草木蟲蠅能順應季節變化生死枯榮，可它們竟無法在泥地裏留下一具完整的屍身。

這些鄉間的生靈，哪一天才能和真正的人一樣擁有體面的死亡？

過家家

玩這種遊戲是要有角色感的，要假戲真做。孩童天生是戲子，容易進入角色。問他：你吃了它呀，怎麼不吃？他骨碌著眼睛，非常驚訝：這怎麼能吃，是假的嘛！

既然知道是假的，怎麼還那麼投入，比真的還真呢。看他們吧唧吧唧，嘴唇張合，誇張得很，真是味道好極了。

碎瓦片當菜盆，如果沒有，也可用闊樹葉來充當。玉米穗子就是米線或粉絲了。油菜的葉子可當一盆菜，炒著吃。豌豆苗也是菜，綠幽幽地，很好看。一下子，就搗鼓出滿滿一桌，桌子就用石塊來充當好了，細樹枝則充當筷子，擱在菜盆上，有模有樣的。

這個遊戲中，應該有男女角色分配，無需操心，他們早就各就各位。小女孩做媽媽，小男孩做爸爸。做媽媽的要溫柔，做爸爸的要強悍。媽媽炒菜，爸爸拾柴，分工有序，歡喜異常。

這種遊戲的魅力在於，作為孩童的你可以提早體驗父親、母親的生活，只要你願意，你還可以成為祖母，巫婆或一個持刀的壞蛋。你當盡情體驗這份快感，哪怕是在破壞，也無需承擔風險。這一切都是假的啊。

這個遊戲唯一需要的是童心，在一大堆虛擬的東西中，玩出真實感來，玩出曲折的情節來。沒有童心是不行的。沒了它，一切都將索然。

你看這首兒歌裏唱的：

蘭蘭和花花，
一起過家家。
你撐鍋，
我掌勺，
剩下妹妹抱草草。
弟弟在旁不幹了，
也要吵著下水餃。

多麼井井有條，比成人世界更熱騰、更顯秩序呢。

他們經常玩的還有打針的遊戲。孩童都渴望成為那個穿白衣服的人，既然沒有針筒，就用麥桿來當針頭，在虛擬的病人手腕上戳一戳，噓寒問暖一番，也想不出更多細節的來。馬上輪到做病人的來當醫生了，進針之前，也要像模像樣地問上幾句，有沒有咳嗽啊？大小便好不好啊？都是生病時赤腳醫生問過他的，此刻輕車熟路地背了出來，免不了一陣得意。儘管道具差了點，但那意思卻有了。這一套動作，幾句話，翻來覆去操練著，他們不怕重複，重複才有樂趣呢。

我在小時侯想必是玩過過家家的，從哪一天起，我就不再玩了，看到比我小的人在玩著這遊戲，不竟啞然失笑，太可愛了，太好玩了，難道我也有這麼懵懂的童稚期？懷疑著，惴惴然，對那段經歷完全沒有記憶，或許哪一天（等老了時？）它會結束蟄伏期浮出水面，到時或許又有遊戲的興致了。

一個人走來走去，最終還是走到童年的懷抱裏去，把他小時候做過的事——枯坐，發待，遊戲，漫走，一一拾起，再也不敢丟了吧。

人生的循環實在是很有意思的。

玻璃彈珠在哪裡

這是男孩的遊戲，女孩一般都不太玩，偶爾為之，旁觀據多，看也有看的樂趣。那時，我們的衣兜總是鼓鼓的，裝著樹葉、小石頭、紙花，我們把所有寶貝都往兜裏藏，其中就有玻璃彈珠。圓的玻璃珠子，裏面嵌著紅的、綠的、藍的什麼東西，這色彩本是死的，可經光線一折射，在陽光底下一照，通透、溢彩，瑩瑩地，非常迷人。

玻璃彈珠的玩法有兩種，畫了界的與不畫線的。一種是有約束的，另一種則天馬行空，玩起來範圍相當大，在尋尋覓覓中，一點點靠近那個洞窟。

兒童趴在地上，目不轉睛地盯著，端好架勢，借著手邊這一彈珠的推力把前面的珠子穩穩推入洞窟，入洞的這一顆就歸你了。要目測彈珠與洞的距離，要力道恰當，要直線對準……那輕輕一彈，珠子出去了，接下來就要看上天的意思了，果然它悠悠地撞上了前面那一顆，把力道傳給了它，被撞的那一顆呢，也不負眾望，借了力，出去了，入洞，這洞並不深，能看出彈珠頭上的一點花紋，挖了它出來，揣進兜裏，歸你了。

也有不準的時候，彈偏了，珠子滾到了別處，甚至離洞越來越遠，那就換人來玩了，他們一起再一點一點把它哄回來，誰最先把它推入洞窟中，誰就贏了。

看似簡單，也是需要技巧的。遊戲雖小但鍛煉了眼力、手力，動作的精確度，長大後的很多本領，從此刻起就學上了。

常有許多男孩玩到癡迷，天黑了還趴在地上，摸索比劃著，渾然不顧身外事。這就需要採取措施了，學校禁令不斷下達，一把把圓滾滾的珠子被沒收走了，不斷有新珠子從男孩的衣兜裏被搜出來，嘩啦啦地四處滾動著，偶爾撞在一起，發出碎碎的聲響。

兒童節的遊園會上，一個玻璃罐裏滿是珠子，各種顏色都有，疑心是沒收上去的，不然怎麼看著如此眼熟。這個遊戲名叫棒夾玻璃球。圓滾滾、玲瓏變色的玻璃珠子，夾也夾不起，真是氣死人，想回家練練後再來，不知明年是否還有這一專案。

如今，這些玻璃珠子不知遺落在哪裡了，成年後一顆也未見過，靈光一閃，它們統統消失了，還是躲起來了？它們肯定是怕起我們來了，怕我們的手輕而丟棄，經我們之手，有多少東西，說沒就沒了啊。

除了孩童，誰還能對物如此惜憐，握一個東西在手心裏到發燙、汗濕，也不捨棄，連夢裏都在念叨著，別丟了它呀。

可到底還是沒了。

住著魔術師的夜晚

那時候，村裏還沒有電視機，高音喇叭偶然會在午後響起，但夜晚是安靜的，屬於冥冥之中的神靈。或許夏夜是例外，青蛙只在此刻唱出了身體裏的悲喜。整夜整夜，它們在叫聲中漸漸甦醒。

夜忽然深了，水和石頭涼下去，燈光漸漸黯淡，蚊子睡著了似的，攻勢不如先前猛烈了。村街上剛才還充斥著孩童的歡鬧聲，此刻也退去了。有人還靠在椅凳上，瞇著眼，搖著蒲扇，不知在等誰。有呼嚕聲從人家屋裏傳出，有不知名的小蟲在潮濕的窄弄裏發出「嘰嘰嘰」尖而高的碎音，一聲兩聲，斷了，隔一會又續上。而青蛙的叫聲更見氣勢了，深夜人靜，它們的領唱、合唱、齊唱、伴唱，也進入了嚴格的程式。搖蒲扇的人睡意更重了，像石塊壓身，他們搖晃著身體進屋，倒床便睡。

幾支手電筒的光在田埂上交織著，一會兒閃現，一會兒消失。他們可能是在捉黃鱔或田雞嗎？夏夜實在太短了。悶烘烘、汗嘰嘰難以入眠，又覺得這夜晚的漫長，長到難以忍受，一晚要起來沖涼數次。

冬夜則像連環畫，夢境連連，翻完一張還有另一張。暖烘烘的被窩，一覺覺相連，像群山綿延，竟沒個完。早早吃過晚飯，天已黑透，門縫裏露出幾道光柱，顫顫巍巍，隨時都可能折斷。被父母催逼著上床，黑暗中，睜著圓眼，有光影在白牆上移動，樹的影子，屋頂的輪廓，抽象的幾何圖形，放電影似地，一一呈現。

我的窗戶對著村街，沒有窗簾，月光、聲影能毫無遮擋地進來。每有車子路過，那直射的光柱帶著各種物體朦朧的輪廓走到白牆上，爬到屋頂上，又到另一面牆上，然後去了別處。靜等片刻，又有車子來了，還是那投影，在白牆屋頂上一一走過，又往黑夜更深處進去。

也有睜著眼，很久很久，很久很久，也沒有車子來，窗外水聲嘩啦，睡思昏昏中閉了眼，只聽得車輪與路面的摩擦聲逼近，近在窗外，枕下，已經睏得睜不開眼了，宛如濕衣纏身，任那光影怎樣在白牆上晃動挪移，已毫無知覺。饒了我吧。此刻就算有人突襲，也毫無招架之力。

這一夜下來，它們要在我的牆上出現多少次，又以怎樣的頻率出現？它們穿過黑夜和晚風，穿過屋舍和樹叢，穿過敞開的玻璃窗，默默來到我的牆上，又快速離去，直到白日來臨。其實它們沒有消失，不過是被更亮的白光接了去，隱姓埋名在白天的喧囂中，等待時機來臨。

這個僻遠的村莊多年前就通了公路。

我過馬路去小店打酒，臨行，母親總要吩咐又吩咐：左看看，右看看。我必左右交替而看，才能活到現在。有大意的孩子夭折在路上，也有失掉一條腿的。那些車燈，是不是孩子的靈魂要回家。這麼一想，我就毛骨悚然了。

連爺爺也說，他連走夜路都不怕，可第一次看見汽車，就覺得連那些樹都要飛起來了。有一天，他夢見自己和長翅膀的汽車在賽跑。再後來，爺爺死了，汽車載著他的靈魂爬了山，過了橋，他被裝在一個盒子裏，埋在一棵樹底下。

就是這些鐵皮盒子，從山上看像火柴盒，走近了看，是鋼鐵怪物的東西，把一條條帶狀的公路軋出了傷痕。而他們射出的光柱，讓童年的漫漫長夜，有了閱之不盡的內容。光線和河流在比賽奔跑，而時間停住。沉沉睡意鋪展開去，我疲累而極，完全顧不上了，儘管，有人在說，等等，魔術師要來了。

此刻，我只知道，在我的身體裏，有一個製造夢境的魔術師，慣於黑夜出現，清晨消失。

仙照山上仙照庵

正月初一，恰遇天晴日朗，寒氣漫漫升騰，日光澄澈如洗，一年中最好的日子該來了。蜷在被窩裏，遲遲不願起身，大概在追索著夢裏的什麼，如此不甘。有急急緩緩的叩門聲，去仙照山麼？去仙照山麼？有人倚門而呼，就在我遲疑著，倦怠著，掙扎著，眼神在牆壁上遊移著，腳步聲已遠。

他們沿我家後門的山路向上，拐至某處田埂上走好一會兒，慢慢地彎到婁坑村，在那裏上山，路有許多條，所有向上的路都通到仙照山上。總要爬至氣喘、流汗，再來一番結結實實的心理折磨，才能抵達。

仙照山我當然去過，去那裏野炊、砍柴，或遠足，記得山上有野柿子，顆粒很小，濃縮的才是精華，類似於後來人工培植的小番茄，紅豔精瘦，果肉極硬，撫之有質感，還未熟透，是澀的。那柿樹也矮小，孩童也摘得，想來去仙照山的人本就稀少，做柿子的就無設障的必要。那是真正的野果，在風雨日光中，被鳥雀啄食，墜於灌木叢中或自然風乾在枝上，一樣開心。

附近的山林中，仙照山算是最高的。爬至一處無名山頂，已累得氣喘，心口亂跳，腳底發熱，可仙照山還在伸手所指的彼處，隱約露出庵廟的老簷，或許還有其上覆蓋的瓦片，快了吧，快了吧，好不容易添了信心，隱忍著繼續向前，到了山頂，發覺又被騙了，層巒疊嶂，近是近了，可那庵那山仍在遠方，手指可到的那一點上。歇息時環顧周遭，山峰一輪輪地，像晃蕩搖曳的水波，一波波，毫無終止之意。

終於到了，是這山與那山間的緩坡，種了瓜果、菜蔬，還有稻田，按季播種麥子、水稻，窄長型山地上種的是油菜、番薯，山下該有的這裏一樣不缺。這裏還有專為野豬設的「陷阱」。路邊平坦處有一坑，目測之不過一米深度，坑裏似也無鋒利的竹籤，其上覆有稻草，邊上置彈簧鐵夾子，已鏽跡斑斑，不知是否有深夜落網者，嗷嗷哭上一宿，直至天明。

山上木屋住著一對老夫妻，瘸腿駝背的，現實生活中的畸零人，這一夜無論如何不能入睡，待它或它們哼唧哼唧地咕嚕上一夜，體力耗盡，天清亮時才來張望一眼，下山請人協助。

野豬長黑毛，有蠻力，能把莊稼顛得混亂不堪，致果實裸露，枝葉擼淨，如遭了強盜的居室，農人恨之入骨。

山上有庵，叫仙照庵。無窗，佛像的臉看不真切，只聽得山水咚咚，宛如琴音，定睛而視，一長溜水在一根劈開的空竹竿上往外淌著，待它滴地墜入深潭裏，匯入更清的清流裏，俯身舀一勺進嘴，沁涼沁涼的，牙齒似也冰住了，一陣激靈，人就往外退，直想逃到陽光滿滿的地方。

山上極靜，菜花安靜地開，屋簷下也有盆栽，九頭蘭或繡球花，屋舍水缸也是嫻靜的，午後，一隻覓食的公雞忽然亮開嗓子引吭而歌，這聲音傳出極遠，因為山谷的空曠，更覺餘音嫋嫋，嫋嫋，往山的那邊拐去，似在接納別的聲音加入進來。

在仙照山上野炊是這樣的。

尋一空闊之地，獨立的，不與山林蔓延成片。用石頭壘一灶台，置鍋，懸空，下可燒柴，豁口對著風口，是天然的鼓風機。分工異常明確，拾柴的已經拐進林子深處了，最好是松針，或乾樹枝；端水的也走了，神殿下的水清且甜，山上也沒有河；剩下的就是切菜，擇菜，引火，做飯了。完成的無非是這幾樣，湯年糕，湯麵條，而蛋炒飯，已是高手所為了。火候很難掌控，有時燒著燒著，火忽然滅了，擦亮火柴繼續燒，薰黑了臉，眼淚也溢出來。

或許還有半生不熟的，菜也燒黃了，年糕硬梆梆的，在野地裏站著吃卻有異香，一切都是新異，遙想遠古先民於野外煮食，熱騰騰的飯菜在冰涼的腹內翻滾著，燃燒著文明的火種，那是何等的溫暖與氣魄。

多年後，再一次於正月初一日上仙照山，忽然覺得大山比大海更適於隱居，山林馥郁，層山迭迭不止，一山更比一山高，人陷在山林深處，有無盡的植物草木可日日相對，可以不必出來，煩悶了，則登高一呼，呼聲霎時被吸了去，每日的陽光雨露都是新的，山林時刻都以新面目視人。外界的喧囂被隔絕了，人要出去卻也容易，步行到鎮上不過半日路程。

唐伯虎作有〈桃花庵歌〉，仙照庵旁也是種有花樹的，春天開粉粉的、白白的、靜靜的花瓣，或許是桃樹，或許不是。但那種意境卻有了。誰種下了它們，又丟棄了它們。或許它們一直在等著誰來，誰就一直沒來，只有那對老年夫妻，下放似地在這裏待上許多年，背也傴了，耳也聾了，但什麼也沒有發生。時間在這裏變得悠靜而漫長，除了覓食的野豬，上山燒香的人，還有誰在這裏留下明顯的行動蹤跡呢。只有那些草木吧，在沒有人的地方，歡欣而無憂。

電影之夜

鄉野空曠，屋少人稀，白日裏家家窗扉洞開，從田野來吹來的風，刮得屋簷下懸著的玉米串、菜籃子來回晃動，雞鴨在此自由出入，孩童也竄進竄出。鄉間之人都有好聲線、好耳朵，或許就得益於這四面來風吧，風把一切帶了來，單是自然的聲響，就讓他們應接不暇。他們不免嘰裏咕嚕地複述，喉管發出的咕嚕音連自己也吃驚，我在說什麼呀。

不用說，這風帶來了秘密，這秘密如果只埋在心底發酵又讓他們難受，說吧，說吧，把更多的秘密、更多更多的秘密，像蒲公英的種子一樣隨處播撒。蟄伏鄉間的人，個個都是卜算者，事無巨細，一有風吹草動，他們總能未卜先知，好似自然萬物都與他們相親，和他們感應。

放電影的消息就是在這清晨的風裏被傳得人盡皆知。

「今晚有電影看！」

「嗯。」

「連放三場！」

「嗯。」

「隊裏賣了毛竹，有錢了。」

「嗯。」

撒播消息的人站在毛廁前，屋簷下，河埠頭，任何有人的地方，他都要費點口舌。等他滿臉興奮、嘟嘟噥噥地把消息傳播完，卻不免詫異，聽消息的人並沒有他想像中驚奇，這是怎麼回事，難道他已經知道這事了？果不其然，聽的人還能細數一二枝節來充實他的版本，他不免惴惴然，但很快他就把其所不知的細節悄悄地加了進去，這樣更增添了他的談資，如此一來，滾雪球似地，知道的人越來越多，對事實的描述越來越詳盡。這就是鄉間人的本事，他們通過風聲來感知世界，而他們的世界只是這方圓幾十里的鄉村，以自己所居住的村子為中心輻射出去的圍場，對這以外的世界，他們無能為力，也漠不關心。

放電影是鄉間生活的大事，最興奮的還是孩子和商販。孩子一興奮，大人也跟著忙碌起來，在這幾日，他們儘量把農事安排妥當，早早歸家吃飯，以免誤了時間讓孩子失望。他們另有一樣重要之事須辦，就是清晨早早起來把條凳、竹椅放置曬穀場以占取好的觀看位置，讓它們替人在那裏站過白日光陰。大人會欣喜地告訴孩子，位置已經占好了，到時肯定有座位。孩童果然心情大好，蹦蹦跳跳地在學校裏度過比往日稍顯漫長的一天，好不容易挨到放學，也不在外逗留，急急趕回來，提早完成作業，把碗筷一擱，等候大人的召喚。

那真正的放映時刻總是姍姍來遲。曬穀場最熱鬧的就是放映前的那漫長的光陰，此時，夜幕已降，人們在暮色裏點頭致意，人影輪廓依稀可辨，兩根毛竹早早豎立在曬穀場的東端，白色幕布在黃昏的風裏微微鼓著，像一面帆，夜是它的海。那白布下，孩童們奔來跳去，跳房子，捉迷藏，鞭陀螺，動作誇張，膽子很大，似乎被什麼東西蠱惑著，不時發出尖銳的叫聲。小販地攤前的煤油燈如螢如蟲地亮起來，簡陋的攤子所供應的物品不過這幾樣：茶葉蛋、甘蔗、油頭繩、香瓜子等，星空下還有蛙類的叫聲遠遠傳來，與他們的吆喝聲相附和。

這是典型的六月鄉村的黃昏，一切白日裏摒住呼吸的生物此刻都在嚷嚷叫喊著，頗有些「你方唱罷我登場」的意味。

來自鄰村的放映師似有意要延長這段時間，磨磨蹭蹭地不願打開那立在曬穀場中央靜默無聲的放映機。他篤悠悠地與人閒聊、嗑瓜子，唾沫橫飛，沉浸

在被全村人等待、催促的愜意中。瓜子殼和甘蔗皮在人們腳下越積越多，是長久的等待留下來的垃圾。

終於，一束光線嗖地打到幕布上。白布被照亮了。天地暗了下去。孩童站在椅凳上，舉手在光柱裏不停地變化姿態，剪刀，拳頭，布，他們被這小小的光影遊戲迷住了。幾秒鐘後，光柱滅了。電影開場了。

當那放映機上的光碟滋滋滋地轉動時，周遭完全鴉雀無聲了。所有的眼睛都往一個方向看，他們急於弄明白的第一件事是：誰是好人，誰是壞蛋。這是頂要緊的，接下來的一切品評都要以此為基準，絕不能好壞不分，亂了分寸。鄉間人心中最強的是道德感。一般油頭粉面，愛打扮，口蜜舌甜，尖嘴猴腮者一定是壞蛋，而穿著樸素（大都為白襯衣）、言語木訥、濃眉大眼者一般都為正人君子，按照這個法子去判斷，基本不會出差錯。當然，看的電影多了，大家都能琢磨點門道出來。比如說，被槍箭擊中伏身馬背之人肯定死不了；一陣劇烈咳嗽後用手帕捂嘴，一般都會咳出血來；女主角傷心的時候，跑呀跑，最後一定是抱著一棵樹大哭。電影中最常用的臺詞是「留得青山在，不怕沒柴燒」，我喜歡聽到這句話，可從不明白它的所指，連這樣也不算太荒唐。諜戰片中最常見的伎倆是放長線，釣大魚。可總是被輕易識破，好人並未上當，我們卻急地捏把汗。

電影中途總要換兩到三次膠片。也有放著，放著，沙沙沙的聲音頓時停了，人聲樂聲隨之戛然而止，白布上只映著灰白的條光。這一刻，曬穀場霎時鬧騰起來，人們從剛才的安靜中回過神來，開始大聲說話、咳嗽、嗑瓜子、啃甘蔗，有大人忽然發現旁邊的小孩不見了，拉著長音，牡——丹，牡——丹，不依不饒地叫起來，全場的人捂著耳朵也能聽見。但這聲音很快就弱了下來，不知是被空曠的田野吸了去，還是叫的人尋到遠處去了。人群的鬧哄聲照例是糨糊般滾成一團的，並沒有個體的聲音突兀出來，卻不絕如縷，一直這麼鬧下去。好在新的膠片馬上就換好了。電影開始了。

也有放了一半，忽然下起雨來了。那絲線般的雨在明亮的光柱中異常醒目，好像有閃亮碩大灰塵在紛紛落下。如果雨下得不大，人們也不戴雨具，電影也照常進行。除非瓢潑大雨，或者雨大到片刻就濕身，否則誰也不願意把今天的電影留到明天看。

終於，最後一個最厲害最難纏的壞蛋也被打死了，正義得到了伸張了，好人笑得疲憊而滿足，那沙沙的光碟也停止了轉動，光柱滅了，散場了。又是呼兒喚女聲，椅凳的摩擦聲，輕而低的雜談聲，年幼的孩子已經在父母的背上睡著了。漸漸散去的人群沿著曬穀場往各自的住所走去，隊伍在行進，椅凳在昏暗的燈光下不免有些張牙舞爪，他們談笑的勁也消了大半。夜已經深了，溪水嘩啦啦地流著，似乎比白日要歡，張眼望去，只是黑咕隆咚的一道暗光。鄉間之人難得晚睡，此刻已經疲憊不堪，最精力充沛的孩子這時也迷糊著眼，扛著凳子，雙腳有些邁不開去，東西難辨，身子早陷在夢鄉裏了。

我小時後有一次隨父親去鄰村看電影，回來坐在自行車後座上睡著了，以至雙腳纏進鋼絲裏也渾然不覺，還是同去的人一聲驚呼，這才醒轉過來，去診所裏包紮一番，一連數天，腳後跟不能著地，現在似乎還有那隱隱的痛楚，在不定期地發作。

觀露天電影的這一夜就這樣結束了。夜裏發生的這一切，似乎不真實，只是覺得散場回家，那些椅凳好沉，還要小心翼翼地不和別人的發生碰擦，好不容易到家，外衣未脫，倒床昏昏睡去。若干年過去了，那些曾在人群中走散或在父母肩頭昏睡的孩童已經長大了，他們對當初恍惚不清的那一晚卻不依不饒、記憶深刻。大概那些夜晚的人事風景早已隨著記憶成長，長成了獨立的模樣和身軀，有了自己的行動軌跡，按照自己的意圖把記憶帶入茂盛的夏季，此後合而為一，再也不能分離。

撓癢癢

奶奶很胖，身材臃腫，手伸到頸後都很吃力，更不用說背後了。背上長癬了，紅而癢，自己撓不著，就叫我撓。快來快來，幫我撓撓！我舉起小手，用指甲在她背上梳頭發似地上上下下磨搓著。單調的路徑，手也舉酸了。長指甲裏嵌著皮脂、污垢，真噁心。可奶奶還是大聲嚷嚷，太輕了，太輕了，我使出吃奶的勁兒，把指甲都摳進肉裏了，她才舒服地歎氣，輕輕哼叫著，這還差不多。

給奶奶撓癢癢是我童年睡前的活動之一，每次都撓得手腕酸脹，臂膀發麻，不能動彈。夏秋兩季，奶奶穿著藍布罩衫，薄薄的，人胖，愛出汗，一汗濕，渾身發癢，奶奶丟下織網的活，進門，把衣服一撈，就撓上半天。只有背部發癢她才叫我幫忙。有時候背上什麼東西也沒長，她硬要我撓，狠命撓，非要抓得皮破血流才肯甘休。

後來，奶奶叫人去鎮上買了個撓癢癢的工具，竹製的，長柄，一端有彎形梳齒兒，叫撓癢耙。奶奶稱它為我的寶貝。

自從擁有了我的寶貝之後，奶奶開始自己撓癢癢，不要我們幫忙，但如果背部發癢，手臂需向後彎屈撓抓，通常使不上多少力，胖人尤其難，這時，她才叫我。她說，要使勁撓。那神情似乎要我長個鐵手出來才能讓她滿意。

說起村裏某個人的善惡，她總愛撇撇嘴，冷不丁冒出一句，還不如我的撓癢耙好呢。她覺得我們這些小孩全不及撓癢耙知人意，懂輕重。她也不想想，那個東西還不是要靠人來掌握，它自己能抓能撓麼。

我也有癢得招架不住的時候，特別是冬天，衣服穿得多，隔著衣服撓根本無濟於事，實在癢得難受就在牆壁上擦來擦去，或頂著椅背，讓突出的木頭把癢細胞止下去，弄得呲牙咧嘴的，好像渾身都爬滿了毛毛蟲，很狼狽。

山上有一種植物叫狗尾巴草。毛茸茸的，風一吹，就死命地搖，真像狗的尾巴。我們折一根狗尾巴草，捏在指間晃著，在人家的額上、臉頰、臂膀等處，輕輕地撓著，撓得那人咯咯地亂笑，被撓的人不哭不惱，還享受這種樂趣呢。

微笑可能是兒童的天性，就算沒有狗尾巴草來撓他們癢癢，還可以撓胳肌窩呢，那是最不怕癢的人也會癢得花枝亂顫，連連求饒。男人似乎不怕癢，在父親腳底心來回撓上許久，也不見動靜，遂覺無趣，以後也就不再撓了。奶奶雖然經常叫我給她撓癢癢，可是她是癢了才讓撓，如果不癢，你在她腳底心、臼窩、胳肌窩亂摸，她是會發脾氣的。她認為這是孩童的惡作劇，她不願承認自己也怕癢，似乎這樣一來，奶奶的威信也減了大半。

長大後讀《紅樓夢》，發現林黛玉也怕癢，比所有的人都怕。大觀園的女孩子想必都是怕癢的。怕癢的人敏感，女孩子都是敏感的。

其實在鄉村，牲畜也敏感。我看見過一頭被牛虻叮得無處藏身的牛在夏天裏不停地撓癢癢，它把身子擦向路邊的石塊、灌木、荊棘叢，擦得血跡斑斑，似乎只有如此才能消癢。可見癢是非常難對付的。撓癢是兩個人之間的事。那些牲畜真可憐，又沒有人幫它。動物們可不懂得互相幫忙。

豬也喜歡有人給它撓癢癢，它生活的環境實在是太惡劣了。蚊叮蟲咬的時候太多了。祖母用棍子在它身上輕輕地劃著長長的「一」字，它眯著眼，甩起尾，張開的嘴巴裏發出哼哼聲，非常受用。

殺豬前，人們都喜歡在豬的耳朵底下撓癢癢，可這一次，再愚笨的豬也感受到了事情的變化，撓癢癢的人可不是善意的，一柄尖刀在向它靠近。撓癢癢不過是誘餌，生命結束前最後的撫摸。說起來，動物們都很可憐，連撓癢癢也不能盡性。它們發明不了撓癢耙，也無人供它使喚，只能在爛泥裏打滾，把身體埋在荊棘叢裏，或乾脆嘶吼幾聲，痛苦地在牲畜欄裏扭動著渾身發癢的身體，走來走去。

大地之上

那時候，村裏每個房子都住著人，無論走到哪條弄堂，都有人畜生活的痕跡。如今廢棄不用的舊房子，那時都住著熱熱鬧鬧的一家子，或是鰥寡孤獨——舊房子多半住著老人。冬天到了，他們瞇眼曬太陽，夏天來了，他們搖著蒲扇在陰涼處坐著，浣洗乾淨的衣服隨意搭曬在屋前竹竿上，單調的藍黑色皂衣，滴著水，底下泥地濕了一圈，雞鴨們在衣物底下鑽來鑽去，覓食或遊戲。

那些老房子大多是木頭結構，少數是石頭壘成，兩層，下雨天便顯出髒膩感來。屋簷外落大雨，老人們坐在簷前椅凳上，或織網，或編草鞋，沒有什麼能打擾他們的生活。

從什麼時候起，這些房子忽然空了，木門掩上了，永遠地關上了，露出那像窟窿一樣的窗戶洞，沒有窗框的是石頭壘的房子，從前為了保暖，堆了乾柴塊，現在抽空了，什麼也沒放，像缺了牙的牙床。透過那洞，往裏瞥，或許目光還要轉個彎才能看得真切點，塵跡斑斑，傢俱像做夢一般，毫無聲息。

這些棄房的主人，或許死了，就在那蒙塵的床榻上咽了氣。或許搬去別處住了，他們終究會死在某個房子裏，然後被轉移到一個更小的木匣子裏，他們的身體一點點往裏縮，對空間的要求也越來越少。

可是，在活著的時候，他們可絕不降低對棲身之地的要求，除了生殖，他們一生中最熱衷的事就是造房子。

在鄉村，造一間房子是多麼難的事，需要全家勒緊褲帶省吃儉用若干年，有些人家老子造房子欠下的債務，要由兒子來還上，儘管老子已死，當初所造之屋也已破爛不堪。

一個人的臉面體現在一間整潔寬敞的房子上。房子的門楣是我們的眉毛，房子的窗戶是我們的眼睛，房子的外牆是我們的皮膚，房子的架構就是我們的骨骼和血肉。我們把重要或不重要的東西統統都往這裏面搬，它們是瓜果菜蔬，毛竹樹木，稻米穀粒，是我們勞動的收穫，是我們對山林的砍伐或掠奪，還有我們感謝和歉意。我們讓家畜們住進來，把一年到頭地裏獲得的作物請進來，把豐收和歉收的種子也包括進來，再把房門一關，把世界關在外面。

房子立在大地上，代替人把天地間不可預測的邪惡來阻擋。

從前，我們的祖先住的是木頭房子，它們曾毀於一場大火，或因長久的蟲蛀而坍塌。木房子被棄了，我們就搬進石頭房子，沒過幾年，我們發現石頭房子太不堅固了，而且樣子難看，有更好的東西在向我們招手。我們理想的居所總在別處。這似乎是一場沒有盡頭的奔跑，我們的對手不是房子，也不是新材料，而是時間。

家族的宗祠是村裏最古老的建築。在我爺爺的爺爺小時候就有了，每個時期都有其用處，吃大鍋飯時用來作公共食堂，改革開放後被私營業主當廠房，校舍緊張的時候，那裏飄出過朗朗書聲。現在，它暫時空了，大門緊鎖，只在節日祭祀時開放。造祠堂的人是有大眼光的，寬敞的廳堂能容納數千人同時開會、娛樂，烏黑碩大的圓柱子沒有任何顫抖的跡象，屋簷更是高高翹起，穩穩地把雨水接入天井。

如果沒有人力的作用，它一定是村裏最後倒塌的建築，那戲臺上描金的花卉與鳳凰，一定到最後才黯淡下去。如果祠堂後面的馬路不會拓寬，如果村莊不會成為工業園區，如果別處大興土木的風不會那麼快地吹過來……或許，它還能在原地站久一點，比村裏所有的房子都站得久。

村裏人很少拆舊房子，如果不是宅基地實在緊張需要在原地重建，他們一般另擇位址建房。而老房子呢，就像一個孤獨的老人，在多年無人搭理後，一日日荒敗下去，速度驚人，或許它也自暴自棄了，等啊等，沒有人來，信念坍塌，獨守空房的滋味可不好受。

有時我想，城裏不是有許多無家可歸的乞丐嗎，他們應該回到鄉下去。月光下，他們蓬頭垢面地進屋了，「吱呀」一聲，門被推開，空氣進去了，鮮活的，像魚四處游著，老房子活了起來，它聽見人聲了，它醒過來，一切都和往常不同了。

舊房子的前後都是種有果樹的，房子坍了，樹還在，蔥郁的枝葉，果子稀落，兀自垂掛著，有些自然風乾在枝上，或撲通一聲哪一天忽然墜落於地，至此完成自然循環。這些果子多半是不起眼的，酸澀不堪，是欒樹的果子，或帶澀味的瘦橘。

村裏有一戶人家住在山坡上，那幢兩層樓的小院那時還未被樹木遮住，間或山下的人還能聽到公雞的鳴叫，幾個人端碗蹲在坡地上扒飯，或者一隻豬氣吼吼地被主人趕到野地裏覓食。住坡地上的人，經常下山來買東西，或者在村裏轉來轉去，向村長討要地皮造房子。有一次，我奶奶的手背被砍了一刀，向他們要了罌粟殼才治好的。罌粟是禁栽植物，那坡地上卻有。一個五月，我和玩伴去坡地摘枇杷，我們躲在正午的枇杷樹下心驚膽顫，怕被蹲在山坡上端碗的人發現，當年我們的行為接近於偷，可並不覺得怎麼可恥。

我們偷食枇杷後沒幾年，他們搬到鎮上去住了，坡地上再也不見端碗的人，也沒有豬和公雞的喧嚷聲了。

許多年後，我回家在村裏走了一圈，習慣性地抬頭，想要看到那房子，可那裏什麼都沒有了，乾乾淨淨的，房子不見了。一個房子怎能憑白無故地消失？我一直想不明白，是樹太高了，把房子遮住了，還是房子倒了，被人清理乾淨了。可怎能不留痕跡？

大地之上，又有多少東西的消失，如這房子，是不留痕跡的？

在河邊

我家門前有一條河，從很遠的地方流來，經過我們這裏，再流到別處。我們在上游淘米，洗菜，在下游刷馬桶、洗拖把，下游的水流到鄰村又成上游了，因為有一段距離可以沉澱，流到那裏的水還是碧澄澄的。

小學課本裏有《狼和小羊的故事》。

狼來到小溪邊，看見小羊在那兒喝水。

狼非常想吃小羊，就故意找碴兒，說：「你把我喝的水弄髒了！你安地什麼心？」小羊吃了一驚，溫和地說：「我怎麼會把您喝的水弄髒呢？您站在上游，水是從您那兒流到我這兒來的……」

上游和下游其實是相對的，比如我們村子的下游，也就是下一個村子的上游，我們很早就有的世界是一體的觀念，便來自門前歡歡流淌的河水。

那時，我總想捉住什麼，比如天上飛的蝴蝶，褐中帶黃，翅上有黑斑，有一天它停在花朵的停機坪上，雙翼抖動著，我躡足而去，急欲雙指夾住，可當我靠近，手指微伸，它卻翩飛而去，指腹上沾了些蝴蝶的粉翅，滑膩的，怪不得總捉它不牢。後來，我見識了許多蝴蝶標本，顏色豔麗，完好如初，似無掙扎跡象，他們如何捉了它，又保存了它。

對天上飛的死了心後，我開始沿著河邊行走，或提褲，涉水而過。我摸螺螄，有時會碰見水蜈蚣，扳開石頭，那腥紅的一條，見了天光，彼此一照面，我和它都嚇得涉水狂奔。

有時也能在河邊草叢裏拾到一兩枚鴨蛋，青瓷色，很高興，捧回家邀功。常夢見在河灘上揀鴨蛋，可一次也沒如願，夢與事實往往相逆。

我開始練習捉蝦米。赤足踩入水中，雙手圍成圓桶狀，屏住呼吸，慢慢靠近，靠近那黃褐色的所在，有細長的須，忽地一閃，不見了。定定眼神，接著來，看到了，它掩身於細沙處，身體幻成了沙礫的藕合色，變戲法似地。

我微蹲著身子，在水裏前進，每拔起一隻腳，那水裏的泥沙便漾成一片混水，蝦便靈光一閃，消失得無蹤。

有時我也用洗澡的毛巾捉蝦。長方形的毛巾，由兩人各牽著角，慢慢地從

水下兜進那蝦的所在，由下而上騰地一聲，把毛巾上提，水珠在巾下流成一條條水線，細沙、碎石都被兜了進來，或許還有蹦跳的蝦，或許沒有。

很奇怪，家鄉小溪裏的蝦從沒有被養大，我看到的都是細龍鬚一樣瘦長的，一閃一閃，比魚要靈活，後來，小溪裏就沒了這些東西，連魚也沒有了，石頭漸漸裸露，溪流底下除了淤泥，就是沙石，枯水季甚至見了底。

我看見他們往河裏灑石灰。他們把水塘用石塊壘好，成蓄水池，半袋石灰倒入，小溪變得渾濁，當魚浮出渾濁的石灰水，有魚網罩立刻伸出，撈了上來，倒人水桶中。有些魚這時沒有浮上來，待第二天，或不多久，河裏就浮著翻起的魚肚白，已經泡著脹開了。河面彌散著臭味，經日不散。

我還是喜歡在河邊行走。

水淺時涉水而過，去對岸採寶石花，層迭著，似蓮，一掐，指甲裏全是水。天降暴雨時，那氾濫的黃泥水，冒泡泡，立在橋上看水，頭暈得厲害。

冬天來了，天寒地凍，河水比往日流得更慢了。

河畔草地上結滿了冰霜，遠望一片白茫。

洗衣人臉蛋凍得通通紅，俯身掬水，倒吸一口冷氣，像被什麼咬了一口。

冬日的河畔很寂寞，小孩不來這裏，連大人也來得少了。

夏日大地暴曬，河水也被曬得滾燙，和石頭一樣燙。人站在古橋下，涼孜孜的，透著暢快。有藤蔓垂下，或許還有風乾的貓皮，貓死後都是被吊著的，怪可怖。挽起褲管，赤腳在水裏走來走去，整個午後也別無去處。

河邊最美的還是秋日。河面乾淨，或許因為颱風，河畔青草像被擼過一樣，直往一個方向望，零碎的垃圾物什被清理一空，沙石俱現，河水退到了深陷的河床裏，極清淺的一道，泠泠發聲。

一陣叮咚響後，我們在草叢裏揀棗子吃，奔來跑去尋覓，要速度極快。也有咚地一聲掉進了河裏，竟是浮著的，被水流帶去了遠方，追也追不及，只是眼睜睜地。

這後來發生的許多事，竟如當年在河灘上看棗子漂浮而去般，眼睜睜的，只是看著，毫無挽救之力。

給死者食物

在今天，有誰還會把多餘的熱情傾注到那些死人身上。反正他們再也不會復活，更不可能改變這個世界了。可我的爺爺不一樣，他似乎認識所有埋在地底下的人，並準備著將來有一天去會見他們。他和他們有說不完的話。他做許多事情只為了讓他們得到幸福。似乎只要那個世界的人一高興，他到了那裏也會跟著高興。

爺爺把很多時間花在「討好」他們上，比如他會在祭桌前喋喋不休，告訴他們家裏發生的大小事情。比如他會把他們有可能停留的地方打掃乾淨，顯示出常年有人去「拜訪」的跡象。爺爺做這一切，可能是因為他太想知道那個世界的消息了，一般情況下，只有離它們近的人才有可能獲知事情的來龍去脈。

而我認為爺爺如此關注那邊的事情，全是因為恐懼。恐懼讓他變得不太正常。而且，在兩個世界的交界區徘徊是很危險的。

爺爺不相信人死了，只能直挺挺地躺在裏面，哪裡也去不了。他們肯定有一個更好的去處。爺爺不相信一個人在那個世界裏，可以不吃不喝，就能過上幸福生活。

家裏人誰也沒有想到，爺爺活到那麼老，竟然開始學會「懷疑」。這是可怕的。他沒有像從前那樣專注於泥土裏的收成，轉而關心起那裏面埋著的人。

爺爺說，一年三百六十五天裏，他們只吃三餐，對於這些把一年當一天來過的人，我們沒有理由不好好款待他們。

說得輕巧，要是在饑荒年代，活人都沒得吃，遑論死者。可現在不是饑荒年代，很多家庭米爛陳倉，它們根本就值不了幾個錢。

幸虧所有的祭桌都是公開擺放的。即使最小氣的人，也不敢在此動手腳。當然，口袋富裕起來的人們，也願意在那上面展示自己的實力。在黑壓壓的祖宗的祠堂裏，各家各戶，攜帶菜肴，微笑而來，喜氣洋洋，就像過節。還有遠道而來的人，多年未見的人，做生意發了財的人，辦假證鋃鐺入獄過的人，此刻都在這祭桌前遇上了。

食物冒出的熱氣，與人嘴裏呼出的氣息，在某個隱秘的空間裏匯合。爺爺相信那些香味是能夠飄到那個世界裏。他們會把它帶走。

他還相信在祭桌前、墳墓旁，甚至無名的山丘上待得時間越長，他們吃得越多，便感到越滿足。

掃墓的路上，我們路過一座無主的墓地，荒草萋萋，野花漫漶，沒有任何跡象表明這裏曾被祭掃過。

爺爺停下腳步，抓過籃子裏的一面白幡，準備把它插在高高的墳頭上。

「快走吧，這裏可不是我們家的墓地。」一路上，他都這樣，走走停停。我很著急，怕天黑了，我們還在山上轉悠。

「一樣的，路過了就插一支，不礙事。」他說得倒輕巧。

「可是這有什麼意思呢？被風一吹，就掉了。」我指著那白幡。

「有了這個，裏面的人就不會餓肚子了，到哪裡都能吃得……飽飽的……。」爺爺結結巴巴地說著，似乎對道破這個秘密感到羞愧萬分。

哦，原來這白幡是通行證，難怪，一路走來，滿山的白幡在風裏飄。

「為什麼這幡不是藍色的，藍色的幡多好看啊！」

「為什麼有人插白幡，又有人插紅幡？它們真的能讓那些死去的人吃得飽飽的？」

「不是說只有來自親人的食物才是香噴噴的。他們會去亂吃別人的東西嗎？」

我的問題很多，爺爺一個也答不上來。他活了那麼多歲，可知識並不見長，甚至並不比一個孩子懂得更多。

可他在祠堂的祭祀活動中，好幾次嘀嘀咕咕，就像一個有學問的人那樣，與那邊世界裏的鬼魂做著跨時空交流。其實根本沒有什麼交流，全是一廂情願的事。爺爺的表情有點嚴肅，有點懵懂，還有些失魂落魄。誰也不知道他在想什麼。

我們對沒完沒了地等待死者「吃光」食物，再撤走盤子的事，厭倦透了。既然那些食物從來不會減少分毫，它們怎麼端來，就怎麼撤走，何必太認真呢。

現在想起來，被吃的似乎只有那些香味，只有它們的消失是確定無疑的。

別人家的祭品只為死去的親人準備，可我們家不同，爺爺在族人享用完畢後，還會用三支香召來孤魂野鬼分食。他們進不了家族的宗祠，爺爺就在宗祠外邊的空地上支一張桌子，擺上九大碗，還不忘燒一些元寶紙錢，供他們吃了後好帶走。

又吃又拿，爺爺想的可真周到。別人家都只是做做樣子，只有他是最認真的。想必那些孤魂野鬼也會感激他的。

「那些孤魂野鬼是誰？為什麼他們不能進宗祠來吃？一塊兒吃多好呀！」我問爺爺。

「那些路上餓死的人，乞丐啊，走散的，沒有子嗣的，多可憐！」他似乎不能回答他們為什麼不能進來一起吃的問題。

「爺爺，他們為什麼吃得那麼慢啊？」我有氣無力地問道。

「平時餓著了吧。再等等，讓他們多吃點吧。」他自言自語，似乎不太想回答這個問題。

我餓得再也問不出什麼來。眼看天漸漸黑了，他們一個個撤走了，連比我們晚來的也已經撤走了。我很著急，卻又完全無奈。就這樣，我們全家饑腸轆轆地等著那個世界裏的人享用完了，才把冷卻了的祭品，一樣樣搬回家，重新加熱後端上桌，再狼吞虎嚥地吃掉。

而爺爺是最後一個上桌的。待我們吃得差不多了，他才晃悠悠地進來，在餐桌前坐定，抿幾口老酒，哼幾句小曲，歡喜的唾沫沾在白鬍子上，他只喝酒，不吃菜，已經有些醉醺醺的樣子了。

那些個祭祀後的夜晚，是爺爺的呼嚕打得最厲害的夜晚。我甚至覺得那些聲音能把屋頂上的瓦片震落下來。爺爺肯定為自己能把那個世界裏的人召來而感到自豪。他有這樣的能力，他們都聽他的。他夢裏也在想著這個事情吧。

平常的時候，爺爺穿著一身破衣爛衫躺在竹椅上無所事事。只有當一個衣衫襤褸的乞丐拄著拐杖上門時，他才打起精神來，叫奶奶拿米又拿錢，唯恐怠慢了人家。

乞丐高高興興地離開了，爺爺卻坐立不安起來，不知道自己有沒有虧待他。乞丐走遠了，爺爺還在路口張望。他乾癟的嘴巴在風中一張一合地，誰也不知道他在嘀咕些什麼。

路過村子的乞丐就像那些死去的人，再也不會回來了。當他們再來的時候，或許已經到了另一個世界，是被爺爺「招」來的，來祭桌前享用這無上的美味。

除了對食物的渴望，所有的慾望都會慢慢消失。

祭祀日裏食物的香味，多麼美好啊！多年之後想起，依然有種深深的饑餓感。

一陣風吹過，天要黑了。食物的氣味漸漸飄散。我們饑腸轆轆地等著爺爺一聲令下撤走祭品，他們享用的時間已經夠長了，現在要輪到我們了。這樣的場景，一年年，在重複著發生。

所有的節日似乎都在這樣的等待中，慢慢耗損、消失。爺爺在給他們添酒、布菜，慢慢騰騰，而我們唉聲歎氣，苦苦等待。誰都不會主動提醒爺爺快快結束這一切。既然這些食物來自於共同生活的土地，他們也有得到的權利。

如今，連爺爺也成了那個世界的人。我們在祭桌的這一頭，他在那一頭。每每祭祀時想起他了，我們總會略略延長一些時間，只是那項給祠堂外孤魂野鬼「開小灶」的儀式被刪除了。既然死者是平等的，那索性把他們都請了進來吧，只費一炷香的功夫就可以做到。

祭祀仍在繼續，只是祭品擺放的時間越來越短，連死者都在抱怨要填飽肚子是一件多麼困難的事。可是，只要他們想想我們這些活人的處境，大概這樣的行為也是能夠獲得原宥的。

臨終

外公是被別人葬禮上的鞭炮聲震聾的。

聾了的人倒是安安靜靜的，不愛說話。別人和他說什麼，他都指指耳朵說，聽不見，聽不見了。一副什麼也不願聽見的表情。經常這樣不耐煩，時間一長，別人也就不和他多費口舌了。以後，即使在他的屋子裏高談闊論，他們也不拿他當存在的對象，誰讓他是個聾子呢。而他也十分願意做個清心寡慾的聾子。從前，他養兔子，給兔子餵食、剪毛，伺候母兔生小兔，讓小兔在溫暖的稻草堆裏鑽來鑽去。從前，他頭頂算盤，腳踩秧田，真像是那個年代開天闢地的勇士盤古。

這些從前的事都是他們告訴我的。

他們試圖讓我相信這個耳聾的人，曾經有過多麼輝煌的過去。早晨五點鐘，他就起床了；夜裏，銀河燦爛，牛羊歸欄，他還沒有睡。一個多麼勤快的老頭，他將永遠年輕。

如今光陰流逝，歲月如梭，在那間光線昏暗的屋子裏，他已經聾了，托著蒼老的下巴，除了吃飯，就是閉目打盹。他在想什麼？那件舊蓑衣還掛在牆上，是按照他的身形編製的，是他過去歲月模糊的倒影，如今還能派什麼用場？

關於很早很早以前的事，我還能記起的就是那架呼啦響的風箱，它讓爐灶裏的木柴燃得更旺。那些不斷製造出來的風，在狹窄的爐腔裏，和火擁抱在一起，纏繞在一起，讓那個世界發生轟轟烈烈的改變。

勞作歸來，外公垂首坐在屋子的角落裏，傾聽風箱的聲音，想像著那火在風的作用下，站立起來的樣子，快速奔跑的樣子。饑餓纏住了他，他在等待兇猛的火焰帶來最終的美食。

忘了在什麼時候，那火焰裏還有豆莢燃燒的劈啪響。一種清脆的聲音至今仍在那黑暗的空間裏迴蕩。那是秋天吧，只有秋天裏才有如此清冽的氣味。

如今，當有什麼歡樂的事情在屋子裏發生的時候，當外婆像只老母雞一樣咯咯笑個不停的時候，外公在幹什麼？

他除了在這屋子裏坐著，像櫥櫃和水缸一樣安靜地坐著，還能怎樣？偶爾嘴裏冒出一兩句沒頭沒腦的話，誰也聽不懂，也沒人加以理會。還以為是夢囈。

對於一個老人，他們總以為能吃能喝、沒病沒災就好了，聽不見也沒有什麼關係。反正他再也不必出去勞動，也不用擔心餓肚子。每天總能吃得飽飽的，還有酒喝，日子比從前好過多了。

饑餓和勞累再也不會殺死他。野外的響雷再也不能威脅他。他們開始擔心外公會活上很久很久。你看，他的臉色多紅潤，特別是酒癮發作之後。你看，他隨時都能入睡，把呼嚕打得震天響。他們說，這可怎麼辦啊，老天竟然讓一個聾子活上那麼久！特別是當家族中一個年輕人意外殞命時，他們更是憂心忡忡。耳根清淨的生活可延年，家族裏又不乏長壽的基因。

他或許會無疾而終。

可是，有一個冬天，從外公屋裏傳出的消息是，他癱了，躺在床上動不了了，口角歪斜不會說話了。他還沒有死。他的心臟仍像水泵一樣日夜不息地工作著。他們並沒有太擔心，反正他還活著，還能吃飯。

外公在床上躺了很久，偶爾也能睜開眼睛，看看天花板。天花板上一片空白。一個空白的世界和一個躺在床上不會說話的人，構成了絕望的呼應。

終於有一天，從那個屋子裏傳出的消息竟是，外公快死了。他腦子裏生了翅膀，以為自己還能像年輕時一樣健步如飛。那個凌晨，他真的從床上爬了起來，奔跑還未開始，雙腳還沒站穩，就摔倒在地上。外公孩子一樣嗚嗚地哭了起來。

我們全家馬上趕到外公的村子裏去。舅舅姨媽們也來了，所有的親戚都來了，他們在外公的床榻邊進進出出。一副憂心忡忡又如願以償的表情。

外公已經昏迷過去好幾次了，姨媽們也已經哭過好幾次了。她們總以為這一回，外公真的要走了，她們哭得很傷心，很大聲，很誇張。

她們哭得總不是時候。外公粗重的呼吸聲再次響起，就像屋子裏廢棄不用的風箱曾發出的聲音。待外公的呼吸聲一起，她們就尷尬地停止了哭。

我們那裏的風俗是，臨終之人是要在親人的哭聲中離去。

外公不願輕易離去，還是不願聽到那些真假摻半的哭？

嘈雜，進進出出的人，橫飛的眼淚水，所有臨終的場面都驚人地相似。在一個深夜裏，趁陪夜之人打盹的剎那，外公悄無聲息地終止了自己的呼吸。

當發現的時候，他已軀體僵硬，靈魂不知去向。

哭聲大作，鞭炮聲大作，喪樂大作，外公再也不必聆聽這些了。這麼多年，他遮罩掉外界的一切聲響，只把耳朵視為擺設，是不是為了應付最終到來的這一天？

汲水者

田裏的水早就乾了，河裏的水也快要乾了。可是雨一直沒有來。從來沒有這麼長時間不下雨，這是罕見的。有人開始掰著手指頭回憶，上一場雨是在什麼時候下的？有人說是穀雨那天，也有人說是立夏，顯然，這兩個節氣都過去太久了。總之，沒有人搞得清楚上一場雨是在什麼時候落下的，或許是在我們的睡夢裏。

越來越多的人只在早晨的時候出去活動一下，大部分時間只躺在躺椅上，木板上，任何可以容納身體的平地上，一動不動。那些動得厲害的人，隔幾分鐘就要咕咚咕咚地往肚子裏灌水，很快，那些吃進去的水，通過汗，從他們的額頭上、臉頰上汩汩冒出來。

勤力的老人頂著日頭去了田野，沒過多久，便被人抬回來，熱中風了，奄奄一息。有倒了大霉的人暈倒在田野上，無人問津，就此死去。

魚奄奄一息，水稻奄奄一息，樹葉奄奄一息，整個世界也奄奄一息。誰都不想多說話。他們躺著，等雨，或者什麼也不等。

有人在問路。

「我打聽一下，去惠泉亭怎麼走？」那個人的臉像烤焦了的大餅。

「請問，惠泉亭離這裏遠嗎？」那個人的手像一團黑炭。

躺著的人睜開眼睛，在聽到「惠泉亭」三個字的時候眼睛亮了亮，又馬上熄滅了。

天太熱了，連去那裏的路都變得無比漫長。

「聽說那裏的水還沒有乾，我想去那裏取水。」汗水不斷地順著那人的臉頰滾到脖子下面。

「那你，順著這條路……一直往前，走過一爿橋就到了。」終於有人氣喘吁吁地回答了他。

問路人在謝過之後，重新走進火辣的日頭裏。人們發現這個慢騰騰地走在日頭裏的男人，他的背影在冒煙，好像隨時隨地都會燒起來。

附近村子裏的人都知道惠泉亭裏有一股神水，冬天冒熱氣，夏天冒冷氣，那水是甜的，直接能喝。可自從發生那件事情之後，大家都不去那裏了。眼下卻有人千里尋水而來，大家都說這肯定是個瘋子，他或許會渴死在道上。

為了節省水和氣力，我們家早已一天只做一頓飯。一大早，奶奶就熬好一鍋子粥放在桌子上，誰餓了就去舀一點吃吃。

因為吃得少，我們不敢隨便亂動，乾脆把身體放平，屋子裏橫七豎八躺滿了人。

誰也不知道雨什麼時候來。每當太陽被一朵烏雲擋住，天地瞬間暗了下來，便有人抬起頭來，以為要下雨了。有一次，烏雲擋住太陽的時間久了些，人們便欣喜地從屋子裏跑出來，滿懷期待地仰望著天空，睜大眼睛，微微張著嘴，準備迎接雨水。幾分鐘之後，太陽從雲層裏鑽出來，重新烘烤著炙熱的大地，他們才絕望地逃回屋子裏去。

不時地出現下雨的跡象，有幾次，只差那麼一點點，雨就要落下來了。可是，雨始終沒有來。隨著無雨日子的逐漸延長，村子裏開始騷動不安。大家忽然議論起那個去惠泉亭的男人，不知道他怎麼樣了。自從他們把惠泉亭裏的娘娘像砸爛之後，很多年裏，再沒有人去那裏。之前，娘娘被供奉在那個亭子裏，她的周邊是一個鑲著鐵柵欄的籠子，她頭冠上的珍珠看上去格外白皙，可能是塑膠做的。

「為什麼不去惠泉亭祈雨？既然從前的人都是這麼做的。」有人忽然從躺著的地方站了起來。

「可是那裏面什麼也沒有啊？娘娘被人抬走了，可能房子都快塌了吧。」有人憂心忡忡地說。

既然如此，為什麼不把娘娘請進去，把亭子修修好呢！

有人跑去那裏看過了，神水仍在汩汩地流著，從之前娘娘像所在的後方壁龕裏傾瀉出來。水聲清越，輕輕細細，真不像是這個世界應有的聲音。那人當即俯下身咕咚咕咚喝了起來，真甜啊！

聲名重新傳了出去，每當暮色降臨，一路上都是抬水的人，他們抱著瓶瓶罐罐，走在那條塵土飛揚的泥路上。有人在半路上把裝水的容器打翻了，不得不重新返回汲水。我和奶奶也加入抬水者的隊伍中，不是家裏缺水，也不是嫌自來水有味道（那時候的水質還是相當不錯的），都是由於那股奇異力量的作用。有那麼多人走在路上，我們也必須走在那條路上。

天氣越是炎熱，那水愈是顯得清涼無比；這世上缺少什麼，它便貢獻什麼；當別人遺忘它的時候，便是它發揮作用的時候——它的存在與這個世界是相反的。

烈日繼續烘烤大地，汲水的人群依然絡繹不絕，甚至有從很遠很遠的地方趕過來的，他們的臉龐被曬得黝黑，黑色的汗珠子滾得到處都是。多麼壯觀！那些神情疲憊的汲水者似乎在用這樣的方式告訴自己，雨終究是會落下來的。

啄破蛋殼的清晨

天剛濛濛亮，雛雞們啄著蛋殼的聲音，把睡夢中的我吵醒。雛雞在裏面啐，母雞在外面啄，這唧唧的合啄之聲，在黑暗中，發出類似萬物開化之初的聲響。不僅母雞與雛雞在合力，連天地萬物都來幫它們忙，祖母大概也意識到它們今早會出殼，提前將它們搬到房間裏，待有啄啄之聲響起，便急急起床。

她要親自見證這孵化的過程，還是不放心它們單打獨鬥？

大概已經有雛雞們順利出殼了，那唧唧聲不再急切切的，而是帶著點怯生生的意味，立在這半亮的屋子裏，羽毛大概還是濕轆轆的。我仍在床上躺著，遲遲不願起來，聽著那聲音，想著它們孤單單的樣子，心裏有種異樣的感覺。

這聲音，從何而來？起先只是一團混沌的物質，無聲無息，當聲音發軔之初，便是生命體在世上站立之時。

聽到那聲音的人，宛如想到了人世之初的自己，也是這般心境吧。

也有孵不出來的，成形或半成形的東西被那蛋殼圈著，束縛著，沒有破殼的跡象，永遠躲在裏面。一旦錯過了時間，祖母就知道雛雞們再也不會出來了。萬物都有自己的時間，花錯過了花期，就不會再開。

鵝黃色的雛雞立在漸漸明亮的屋子的角落裏，也不敢隨意走動，只是唧唧地叫上幾聲，好讓人不忘記它的存在。

嬰孩在生命之初的啼哭何嘗不是如此，既自由又害怕。

我問祖母那些孵不出來的雛雞怎麼辦？祖母說，能怎麼辦？扔了呀。我聽了覺得可惜，可為了那些歡蹦亂跳啄破蛋殼的生命，它們的被棄似乎又是一項壯舉。

有多少生物的誕辰伴著死亡而來，生的每一步既是歡喜，又是無情，從雛雞啄破蛋殼的那一刻便已開始。

那個住在籠子裏的男人

有一天，我們家來了一個鬍子拉碴、臉色蒼白的男人。聽說他剛從監獄裏出來，至於他犯了什麼事進去，我一點也不知道。之前，我甚至不知道村子裏還有這麼一個人。

他皮膚白得有點過分，就像我們家刷了石灰的屋頂。看人的時候總是瞇著眼，好像對別人眼睛裏的那一點光感到畏懼。

每天傍晚時分，當我們吃過飯，在屋子裏點起燈，準備或者正在進行臨睡前必不可少的勞作時，他推門進來了。他雙手合抱在胸前，哆嗦著在牆角的一個矮凳上坐下。

那是冬天的晚上，外面很冷，屋子裏卻是暖融融的，門窗都緊閉著，我不知道他為什麼怕冷怕成這樣。

有一個晚上，他說起裏「裏面」的生活。住在很小很小的鐵柵欄圍起來的鐵籠子裏，身體不能轉動，手腳併攏死死地夾住腦袋，連呼吸都覺得困難，坐著都能睡著，一旦打起瞌睡，腦袋就夾進兩根鐵條之間，就連這樣，也還要睡，直到痛著醒過來。還有莫名其妙的拳頭砸過來，卻像石頭打在棉花堆裏，一點聲音都沒有。

他邊說邊做起姿勢來，其實根本不用刻意去做，他每次來我們家都是這副樣子，低著頭，手腳蜷縮，好像他還蜷縮在那個籠子裏沒有出來。

日光燈下，他低著頭，臉色更加蒼白了。當他漠無表情地說著這些事情的時候，卻是屋子裏最安靜的時候。我們停止了手裏的勞作，被他的講述震撼了。之前根本不知道這世上還有這樣的地方。

當我們全家輪流著，笨嘴笨舌地表達對他的撫慰之情時，他仍然低著頭，把手指插進發叢裏，一聲不吭。

過了幾天，這個男人不再到我們家來。在白天的村莊裏，我也從來沒有見過他。他畏光的雙眼不知道好些沒有，一個怕光的人是很難適應田野裏的勞作。

後來，我們聽人說，男人找了一個外地女子，要跟著女子去她的故鄉，做上門女婿。那女子看上去很老很老，都可以做他阿姨了。

後來，他可能是真的走了。他的房子孤零零地立在河邊，門窗上結滿了蜘蛛網。村子裏再也沒有他和那個異鄉女子的消息。沒過多久，大家似乎把他忘記了。

每當掌燈時分，我們全家總會習慣性地想起他，想起他住過的那個鐵籠子，他那手腳蜷縮的樣子，讓人看著難受。

直到如今，當我在城市街頭看見瑟瑟發抖的街頭流浪者，便會想起在那年冬夜裏來過我們家的男人，不知他身在何處，籠子裏的記憶還在折磨著他嗎？

消失的孩子

村裏有幾個孩子曾經短暫地「消失」過。他們是在路過一個山洞或一處荒郊時，忽然遭遇了這樣的事情。他們頭頂的天空忽然被烏雲遮住了。童年的時間在那一刻被硬生生地「暫停」。他們被塞了口鼻，蒙了眼睛，還有耳道，所有人體的孔穴被生生堵住了。他們肯定是在一個黑暗的世界裏，接受了迷幻術。

雲開日出的時候，這些孩子被「放」回來了。他們回到歡蹦亂跳的人間，回到炊煙升起的村莊。他們的父母與玩具都在這裏。

在接下來的遊戲中，他們暴露了一切。舉止生硬，神情緊張，顯得落落寡合，似乎對眼前的一切完全不能適應。他們過分乖巧的臉龐也引起了旁人的警覺。可誰會把一個孩子的怪常表現放在心上。

沒有人知道發生了什麼事。連那個孩子自己也不知道。

遊戲仍在繼續，孩子在人群中繼續鬱鬱寡歡。可畢竟是孩子，他仍然喜歡人多的地方。只是他成了怪異的一個，遊戲中的失敗者，夥伴們嘲笑的物件。他常常在夢中驚醒，四肢亂顫，說著胡話。他們都說這是正常的，一個要長高的孩子，通常都是這樣的。連母親們也這麼說。時間久了，這一切就變得正常了。似乎那個孩子從來都是這樣的，一生下來就是這樣的。

只有孩子自己知道，這一切都不一樣了。

他們越是歡樂的時候，就是孩子越擔心的時候。這個可憐的孩子，他的生命是殘缺不全的，他身上最重要的東西已被那個不速之客取走。他殘剩的身軀總也擺脫不了縈繞在身體裏的嗡嗡聲。好吧，誰讓他是個孩子，他們偏偏選擇一個孩子成為清醒者，這是殘忍的。

有一天，這個孩子忽然奔跑起來，像一陣風一樣。他從來沒有跑那麼快過，好像奔跑的人不是他自己。他在河邊草叢裏停下。有人看見孩子在哭，問他為什麼要這樣。他只好說：「聰明的沙子選擇在風起的時候，進入我的眼睛，這是沒有辦法的事。」一邊說，邊用手指揉著眼眶，好像使壞的真是那些沙子。

孩子也沒辦法，他是被選中的，誰也不想這樣。

一個被蒙過口鼻的孩子，從此開始了他在村莊裏寂寞的日子。

野果

在吃過烏飯果之後，舌頭是紫的，嘴唇也是紫的，是淤血的顏色，暈厥的顏色，也是死亡的顏色，以為自己病入膏肓，不久於人世，驚惶和恐懼隨之而來。作為一個漫無目的的採擷者，只有在吞下更多的野果，紫的紅的，半生不熟的，毛茸茸的，紅彤彤的，才能迅速積累經驗，擺脫這一切。

在自然的領域裏，誰也不會被真正殺死。

那些草叢深處的野果，大地深處的黑眼睛，紅眼睛，藍眼睛，永遠靈動可愛的眼珠子，引人饞涎欲滴。它們有一些莫名其妙的名字，是植物誌裏沒有記載的命名。我童年的很多時間裏都在尋找它們。要得到它們比想像中艱難得多。撥開荊棘，繞開灌木，攀上陡坡，它們總是鬼鬼祟祟又光明正大地長在它們該在的地方。最可怕的是懸崖邊，荊棘叢生處，它們總喜歡出現在那裏。這就像一個警示，又像一個嘲諷。它們中的絕大多數，總要長到自然脫落狀態。也有這樣的情況，美味當前，我們晚來了一步，蟲蟻已捷足先登，留下一半斑駁不堪的果肉。

我們總是很放心地食用餘下的部分，既然有那些捷足先登者。

我們總是習慣性地剔除那些被損壞的部分，因為那些讓人討厭的捷足先登者。

我們食茅莓，吮花露，嚼野桑葚。可有一種叫蛇莓的野果，我們永遠也不會去碰它。它長在孩童目光所及之處，沒有荊棘和懸崖作背景，要想獲得它極為容易。可沒有人想著去動它。孩童不會去動它，大人的告誡言猶在耳：那是給蛇吃的。

自然絕沒有給蛇下毒的理由，可也沒有一條蛇蠕動著身子前來享用這以自身來命名的果子。蟲子當然也不會去光顧。那是一種什麼樣的果子？它是紅的，是血的顏色，也是果子的顏色。時間一長，淋了雨之後，看上去白慘慘的，紅色部分瞬間黯淡下去，只等哪一天被自然悉數收走。

那是一些讓人害怕的果子，我沒有吃過它，可永遠也不會忘了它。比美味更難以忘懷的是事物本身的神秘屬性，比如那些長在田疇路旁、腿腳可及處的蛇莓，它以一種令人望而生畏的存在告誡過路者，有些東西的出現絕不是為了滿足人類的果腹之慾。

牆壁裏的蟲子

我奶奶所住房子的牆壁上有許多蟲孔。那木板上密密麻麻，或大或小的蛀孔，是蟲子的呼吸吧。夜深人靜，它們還會發出細細尖尖的聲音。失眠者用拐杖使勁敲打牆壁，它們才會安靜片刻。過一會兒，那聲音又如常響起。

一開始，誰也沒有想到那些蟲子是住在牆壁裏。它們竟然能住到牆壁裏，是什麼時候進去的？後來，隨著經驗的劇增，以及排除法的正確使用，我們終於發現了牆壁內的隱情。

特別是柴蟲的發現，讓以上事實顯山露水。

誰也沒有見過那些蟲子的模樣，它們從不會從蛀孔裏探出腦袋來。既然有那麼多密佈的孔隙，頻繁的蟲類活動痕跡，為何只聞其聲，不見其形？當樹木還立在山坡上的時候，它們就鑽到裏面去了吧。它們柔軟的身體是如何一點點蠕動著進入木頭深處，這實在是個謎。在自然裏，這樣的謎太多了。

對沒有看見的事情，誰也不能假裝它沒有發生。可誰也不會真正拿它當回事。好在這許多年來，雖然牆壁上的蛀孔有增無減，可房子並沒有絲毫倒塌的跡象。

誰也沒有機會從始至終見識「千里之堤，毀於蟻穴」的悲劇。通常這只是一則紙上寓言，駭人聽聞的故事。

即使沒有蟻穴，所有的東西都在倒塌，包括那些被建設得銅牆鐵壁的工程。即使沒有蟲子，它們的命運也好不到哪裡去。比起人類的爆破工具，推土機和挖掘機，蟲子的作用實在微不足道。而且，蟲子根本鑽不進現代化的身體裏去。

如果你相信蟲子的力量，那麼你一定遵從時間的魔力，它們幾乎是同一個意思。蟲子的蠕動與時間的流逝，有異曲同工之妙。

蟲子以一種緩慢的方式，與自己所置身的環境訣別。既然這是一個潰敗的世界，就讓這木頭裏的破壞與蠢蠢欲動，來得更猛烈些吧。

帶爺爺回家

晚星帶回了
曙光散佈出去的一切
帶回了綿羊，帶回了山羊
帶回了牧童回到母親身邊

——薩福《暮色》

一、爺爺在奔跑

爺爺老了，和他同齡的人差不多都死了，他種下的棗樹在結了幾十年的果子後，被大水沖走了。而他在溪邊隨手栽下的栗樹，則高到令人厭惡的程度。爺爺很怕死。但他在癱瘓後，卻自殺了好多次。一次是喝潔廁靈，另一次拿了一根繩子，想把自己勒死，但兩次都沒有成功。後來，他已經沒有力氣自殺。

只是向奶奶嚷嚷著，快拿把斧子來把我劈死吧，或者，快給我一把尖刀，我不想活啦。每隔幾天，爺爺總要這麼來幾下。每逢這樣的時刻，奶奶就說，他羊癲瘋又發作了，別理他。奶奶的神情似笑非笑，有那麼一點嚴肅。

癱瘓在床的爺爺非常痛苦，求生不能，求死不得——死還未來，那生的環境真是夠糟糕的。為了照顧方便，他們把他的床從二樓移到底樓，底樓濕氣重，加上吃喝拉撒基本都在床上，房間裏常年彌漫著一股濁臭。

爺爺是有過生的掙扎的。爺爺的掙扎讓我難過，因為我毫無幫他之力。我們的新房造好了，又亮堂又整潔，衛生設施一應俱全，爺爺這輩子沒有住過這麼高級的房子，事實上，這房子長什麼樣他也沒見過，那都是聽人轉述的。搬家的那天，風和日麗，很多親戚都趕來祝賀了，我叫媽媽把爺爺連著傢俱一起搬到新家去。爺爺流露過這樣的意思，他甚至說，把新房的車庫撥給我住吧，那裏亮堂。可媽媽瞪大眼睛說，這怎麼可能，你又不是不知道，躺著的人是不能抬進新房的！

他們當然不會讓他搬走。連奶奶也不願挪窩，她覺得一個癱瘓之人，行將就木，就老老實實待著等死吧。奶奶其實在等爺爺死。我們大家都在等著爺爺死，儘管誰也不願承認這一點。

搬家的車子開走了，爺爺站在視窗向外張望，那裏擋著鐵柵欄，他什麼也看不到，他的眼角潮潮地，病中的他，總是眼淚汪汪，他懷疑自己的眼睛出了問題，不然怎麼會有那麼多眼淚。他記得上一次造房子是二十年前，那個房子還是他幫忙搬磚塊、抬石灰造好的，那時候，他筋骨好得能打死一隻老虎。上樑的那天，他喝了點老酒，酒沫子沾在白鬍子上，爺爺醉了，東倒西歪說起胡話來，可他心裏真是高興啊。

躺在床上的爺爺經常做健步如飛的夢。有一次，他夢中醒來，立馬起身，顛撞著向門外走去，剛跨出門檻，就重重地摔倒在地，他不死心，支撐著坐起，沒等站穩，再次跌倒，額上出血了。爺爺想，咦，怎麼回事，明明我是會走路的呀。額上滴落的血讓他明白，夢醒了，他永遠也不能走路了。他想一直這樣坐著，坐到太陽落山，天色轉黑，他們踏過臺階，從他身邊經過，卻沒有發現他。一隻麻雀停在電線桿上叫個不停，他很想把它趕走，這專門吃稻穀的鳥兒，貪吃又愚蠢，稻草人就能把它們嚇死。他嘴裏發出霍霍的趕鳥聲，這雀兒卻不為所動，叫得比剛才更起勁了，似乎認準了他是不能把它怎麼樣的。連鳥兒也欺人，他氣極了，想要找東西去擲它。他掙扎著去構一塊石頭。就在這時，奶奶回來了。她又氣又急，去找人幫忙，走了一條街，幫忙的人來了，看到爺爺坐在地上，和一隻鳥較勁。他們都笑了。爺爺嘴裏喃喃著，快扶我起來，我要去種菜，我要去種菜啊。

爺爺在知道自己永遠站不起來的那個清晨，哭得很傷心，一邊哭一邊叫姆媽（媽媽的方言）。而他的媽已經死去四五十年了。

爺爺一次次地從夢境中獲得一群高人的指示，他們叫他去種菜植樹，去把荒林變成沃野，去田野上奔跑。他們還告訴他：人不是植物傢俱，要動起來呀。可他再也不能跑了。在奔跑無望之後，爺爺總是說，我要死了，你們快點給我準備後事吧。他總擔心死後我們會亂弄一氣，為了省錢，什麼儀式也不給他置辦。他臨走的最後幾天，忽然問我奶奶：「我死了嗎？」我奶奶沒好氣地說：「你死了。」爺爺追問：「老房（村裏的棺材匠）來了嗎？給我穿好衣服了嗎？」奶奶說：「穿好了。」爺爺又問：「是箱子裏的那件夾襖嗎？褲子有沒有穿？」他沒聽到奶奶的回答，只覺得自己的左臉頰忽然火辣辣地痛了一下，他委屈地說：「你怎麼打我了呀。」奶奶哈哈大笑，說：「你還沒死呢，胡說八道什麼呀。」

我媽做好紅燒肉給他端來，他拉住我媽的衣角，壓低了嗓門，神秘兮兮地說：「你等下拿把斧頭來。」我媽不解，難道他想自殺？於是，不耐煩地問：

「拿斧頭幹什麼？」爺爺興奮地說：「你還不知道吧，這地底下全是黃金，黃金哪。」我媽顧作一本正經地說：「好，你等著，我待會兒拿斧頭來。」她當然不會去拿什麼斧頭，轉身就把這話講給我奶奶聽，婆媳倆哧哧地笑上半天，誰也不打算理他，急得我爺爺過一會兒就問：「她怎麼還沒來，斧頭拿來了嗎？」我奶奶看在眼裏，恨不得抽他一頓，都是快死的人了，怎麼還那麼迷財。

那天夜裏，我夢見爺爺連著那捆柴禾從村頭的石拱橋上摔下去，就在夢完之後，爺爺忽然精神疲軟，不思飲食，昏睡不醒。據我媽回憶，在他生命的最後一刻，似乎皺了皺眉，隨之氣息減弱，越來越弱，終至最後一口氣呼出，身體慢慢涼了下來。

爺爺從此脫離肉體羈絆，開始在大地上奔跑。

二、老房的故事

老房叔是村裏的棺材匠。老房叔原先不抬棺材，和村裏許多人一樣，他把大把精力都獻給了自己的一畝三分地，只在農閒時打打短工，賺點種子化肥錢。那時，村裏抬棺材的是一個沒有娶親更無子嗣的中年男人，他與鄰村的另幾個男人組成一支團隊，這些男人大都是一人吃飽全家不餓的光棍，平常在外遊蕩，也不好好勞動，只賺些吭哧吭哧抬棺材的錢，如果實在不夠，就外出乞討。那時候，村裏還沒有實行火葬，抬棺材的活是很吃力的，收入也可觀。棺材漢順便帶著給死人穿衣服，落棺的時候抬屍，別人害怕幹的事，他們為了賺錢，搶著幹。再後來，村裏實行火葬了，再也不用四個棺材漢抬著二三百斤的東西上山了，他們的活兒變得輕鬆，四個人的活一個人就能幹了。在村裏唯一的那個棺材漢死後，老房叔幹上了這一行。他的第一單生意是怎麼接上的，除了他本人，誰也不知。關於神秘的第一單，在我的想像中那應該是很辛酸的。

老房叔挺慘的，因為家貧一直娶不上老婆，好不容易攢了錢從山上買來一個女人，卻是癡傻不會理家的。傻女人給她生下第一個兒子，全家人樂壞了，老房的母親連夜抱走了孫子，親自撫養，沒喝那傻女人一口奶。孩子長得白胖，很可愛，一切都很正常，轉眼到了上小學的年紀，這孩子忽然得了腎病，好不嚇人，全身都腫了，像饅頭忽然發了酵，求爺爺告菩薩都無用，吃了多少草藥，把多少藥渣潑於道旁，都說不清了。後來，那孩子死了。多好的一個孩子，相貌俊，對人有禮貌，成績也好，可說沒就沒了。一世心血付諸東流。雖然還有一個弟弟，可是這弟弟和她母親一樣，也是心智不全的，完全沒有第一個乖巧懂事。孩子沒了，奶奶也病了，沒過幾個月也跟著走了。一個家裏，幾個月內忽然死了兩個人，這對老房叔的打擊是很大的。

老房叔愁眉不展，孩子治病花了不少錢，到孩子奶奶離世時，家裏已是債臺高築了，喪葬費能省的都省了，唯有抬棺這一項少不了，那就少叫一個人吧，自己也來充個數。老房叔的職業生涯就這樣開始了。為了省錢，母親是他第一單。他和他的團隊把母親抬到山坡上，那是一個下雨天，山路很滑，他的草鞋一個勁兒地偏離路道，向那草叢深處滑去，他緊緊地死死地把那腳尖頂住，紮著地面前進。他站在最吃力的那個位置，他的肩膀完全不是他的了，他根本沒有想到棺材會那麼重，不是重，而是沉，一直往下墜，像一塊落入水裏的鐵。他想，千萬不能出事。萬一他們撐不住，他死也要一個人抗住那口棺材，哪怕棺材散架了，他死也要扛住裏面那個人。這一切都沒有發生。他們終於把他的母親安全抬到墓地。可他分明覺得，這一路上，只有他在用力，把母親抬到墓地的只是他一個人。他似乎看見母親在微笑，誇他活幹得好，她躺在裏面很舒坦，一點也沒受影響。他還看見大兒子，他的身體躺在一個小小的木匣子裏，就是他把那匣子背上山的。現在，只要他的背上負重，他就覺得兒子還沒有死，還在他的背上。一直叫著爸爸，爸爸，這裏黑，我怕，我好想回家呀。他聽了直掉眼淚。他真想背著這木匣子跑回家。回家，打開匣子，兒子歡蹦亂跳地從裏面跳出來。

後來，他還給死人穿衣服。第一次很難，還有點不知所措，剛剛咽氣的人，還是暖的，邊上許多人在哭，屋子裏很亂，他們在翻箱倒櫃找什麼東西。他忽然有點煩躁。他想安安靜靜地，把躺在床上的那個永遠不會說話的人，穿好衣服，輕輕地穿，不弄疼了他。趁著身體還沒完全變冷，他的工作還容易開展。可是，壽衣遲遲沒有拿來，不知壓在哪個箱底了，有人哭著在找。老房叔嘴裏叼著一根煙，在屋裏轉來轉去，吩咐別人幹這幹那。他的神情很悠閒。自從兒子和母親死後，他對死亡的態度發生了變化，是根本性的轉變，他覺得死亡不可怖了，甚至是親切。怎麼不是呢，這是每個人最終的歸宿，就像口渴了要喝水，餓了要吃飯一樣，死亡是多麼自然的事。

自從幹上了這一行，老房叔的背更駝了。似乎他一生下來，就幹了這一行，現在沒有人想得起來他原先的職業，甚至連他的模樣也變了。在背地裏，他們都是嫌棄他的，認為他髒，不吉利，村裏的喜宴很少見他上桌。比如他的名字，老房老房，棺材不就是另一個房子嗎，這真是天生的棺材匠的名字呀。

可是，老房叔在村裏的地位卻是不可取代的。也沒有人想要取代他。這地位顯然有些尷尬，他們只有到了一個人快咽氣的時候，才會想起他，快，快去找老房來穿衣服。那些老了的人，我爺爺我奶奶，他們在說到老房的時候，表情是怪異的，他們知道，總有一天，他們會經過老房那一隻手。他們對老房叔真是說不出來的一種情感，誰都希望自己長命百歲，不要老房來給自己穿衣服。這自然是不可能的。

三、兩個織網的老嫗

奶奶所在的舊院，從前是很鬧騰的。那時候整個村子都是鬧騰的，沒有一個房子空著，連牲畜欄也是滿滿的。後來他們漸漸搬去外地住了，只留下院子裏的泡桐樹在秋天裏結滿白花，在寒冬到來時，不聲不響地落光了葉子。再沒有人坐在樹底下乘涼，也沒有人目睹那些樹如何一日日粗壯起來，婆娑起來。

院子裏住著阿素婆婆、阿素公公，隔壁阿公阿婆，他們看上去精神抖擻，一天到晚有忙不完的事，養雞鴨豬鵝，還有牛，院子裏有牲畜的氣味，垃圾腐爛的氣味，泥土的腥味，飯菜燒焦了的味道，乾菜在陽光下暖烘烘的甜味……一切都是有秩序的，誰也看不出這裏的人有一天會離開這個世界。

這裏要說的是我奶奶和隔壁阿婆，這兩個織網的老嫗，她們之間並不像表面那麼和氣。童年的黃昏，是阿婆的嘮叨時間。阿婆的嘮叨是有規律的，那就是：阿公勞作未歸，她已做好晚飯，屋內沒有啟燈，她織網的梭子聲有節奏地響起。

這也是奶奶的織網時間。她們坐在剛剛湧上來的黑暗之中，這完全的黑並不影響她們讓梭子在網線間殷勤地穿梭。奶奶沒有說話，阿婆的話特別多。奶奶的表情有些憤憤地，好幾次，她都想扔了梭子，走人。或者偏過頭去，嘴裏發出哼哼聲，一點好臉色都不給。當然，阿婆並不想看奶奶的臉色，她不在乎這些，她只享受著說的樂趣。如果奶奶沒有更進一步的舉動，她很可能把這樣的嘮叨一直進行下去。

阿婆的嘮叨中，會長出一些陌生的名字。我隱約知道她有幾個流落在外的兒女。因為饑餓，她把他們送給別人。現在，她想念他們。她一天也沒有停止過這想。

奶奶不能理解婆婆的嘮叨。她只生養我爸一個兒子。一個女人有了那麼多孩子，應該知足了，一兩個不在身邊，又能怎樣。到後來，奶奶甚至認為阿婆的嘮叨是對她的侮辱，一個子嗣興旺的女人對一個子嗣單薄的女人的侮辱或者說是挑釁，對，是挑釁。奶奶怎麼忍得下這口惡氣。奶奶也是好強之人，言語刻薄，絕不輕易饒人。就在那個黃昏，奶奶開始指桑罵槐地罵上了，夜色包裹中的奶奶莫名地享受這一過程，她已忍了很久，言語的閘門一旦開啟，就如江水滔滔一發而不可收。婆婆那邊早已停下來，她絕沒有想到，有人會在她的傷口上撒鹽。好，這個樑子結下了，就再也解不開了。

奶奶在爸爸死後，也成了一個愛嘮叨的人，逢人就眼淚汪汪，說個不停，一邊說一邊哭，似乎這是條件反射，她根本控制不了。阿婆的反應讓奶奶傷透了心，只要奶奶的哭泣一開場，阿婆立馬走開，乾脆決絕，沒有任何商量的餘地。她不要聽這些話，就像當初，我的奶奶在那個黃昏對她的嘮叨也曾作出過激烈的反應。

不僅阿婆，誰也不願聽她哭哭啼啼。她一哭，他們拔腳就走，比風還快。他們知道一旦被奶奶纏上了，短時間內是脫不了身的，長痛不如短痛。下次路過奶奶家所在的弄堂，也是繞道。他們不願意看到這個哭哭啼啼的老太婆，她的生活苦，誰人的生活不苦啊。

可是我不敢在奶奶哭訴的時候，拔腳就走，只好裝模裝樣地撫弄她的肩膀，叫她別傷心了，心裏實在是無奈，或者說，有點厭惡、難堪，糾結著，只想快快走開。

後來的事情是這樣，阿婆死了，奶奶還活著。可每次說起那個死去的人，奶奶還是恨恨地，可能，在奶奶這裏，活著並不比死去好多少。因為阿婆對老年喪子的奶奶的態度，讓她覺得，生不如死。

四、芬芳的歲月

在院子裏，只有一個人永遠不會成為奶奶的哭訴對象。那就是老房家的老婆傻女人芬芳。

作為一個女人，她的日子實在沒有什麼芳香可言。少不更事時，被一個男人花了幾袋大米買來。唯一的不傻不笨的兒子卻死了。更離奇的是，她有一個失蹤多年的弟弟。生了不見人，死不見屍。而村裏人總愛拿這個戳她的心窩。

「你弟弟呢，那個和你長得一模一樣的傻弟弟，是不是被野豬吃了？」他們坐在村口的大樟樹下，嘻嘻哈哈。

芬芳說：「弟弟去走親戚了。」

哈哈哈，他們笑得花枝亂顫，說：「去走親戚了？這是什麼親戚呀？要走那麼長時間？月亮都快走到了吧？」

芬芳說：「去外婆家了，外婆家住得遠嘛。」

有人笑得在地上打滾，有人笑得喘不過氣來，捂著肚子喊疼，他們中的一個好不容易才止住笑，問她：「會不會是狼外婆啊，吃人的外婆？」

芬芳說：「外婆又不是狼，怎麼可能吃人？」

他們笑的更厲害了。一會兒，有人問她：「那你媽呢，你媽怎麼不管管她的媽，還讓不讓你弟弟回家啊？」

芬芳說：「我媽也去找我弟了。」

他們說：「你騙人，你媽又嫁人了，她不要你弟弟了，因為你弟弟已經被狼外婆吃了，她還怎麼要呀，哈哈哈。」

芬芳含著淚說：「你們騙人。」

他們說：「我們沒有騙人，用腦袋擔保。」

芬芳說：「你們就是騙人……。」說完，一把鼻涕一把眼淚地哭開了。

他們見她哭了，又開始哄她：「別哭啦，我們騙你玩的。」

芬芳馬上不哭了，睜著亮晶晶的大眼睛，問他們：「你們真是騙子？」

他們瞪大了眼睛，說：「啊，我們什麼時候成騙子了？好好好，就算我們是騙你的，你別哭了。」

芬芳馬上擦乾了眼淚，咕噥著：「早說嘛。」

芬芳有些「臭美」，喜歡用紅絲線紮頭髮，還要編些樣式複雜的辮子，一天到晚也不幹活，只知道在鏡子前照啊照，那鏡子都被她照花了。她衣服洗得也不乾淨，在水裏撩幾下，打打濕，就拿上來了，還在滴著水呢，就掛到竹杈上去了。

村裏有人家娶老婆了，當有人誇讚新嫁娘如何美麗時，芬芳就問：「她穿裙子麼？」那人說：「沒有啊。」芬芳就說：「不穿裙子，那叫什麼好看呀。」那人上上下下把她打量了一下，諷刺地說：「哎呀，我怎麼沒發現，你才是村裏最美的女人。」芬芳理了理她那條碎牛肉色的長裙，笑了，露出黃板牙，說，這條裙子是誰誰誰送她的。在她心目中，那個人是村裏最美最有風度的人，既然她穿了那個美人的裙子，她也毫不禮讓地成為村裏第二大美女。

芬芳忽然學會了抽煙。是誰給了她第一支煙，她又如何從煙霧中獲得樂趣，要知道這些幹嘛呢。總之，從那一天開始，她向每個路過她家的男人討煙抽，因為她沒有錢，連最劣質的都買不起。那些男人經不住她的軟磨硬泡，給她遞去一支，等她要接著時，又收回，涎著臉，說：「叫一聲哥哥，就給你。」她馬上叫了：「多—多。」他們笑彎了腰。

他們問她：「老房那摸過死人身體的手，摸在你身上什麼感覺？」

她說：「他的手比死人的還涼……」

他們問：「你怕不怕？」

她說：「怕。」

他們樂了：「那讓我們來摸，好不好？」

……

世上沒有免費的午餐。後來，她開始琢磨起弄錢的辦法，她把家裏的米偷出去賣給別人，賺得五塊、十塊，馬上就被拿到小店裏換成了煙。在這一點上，她倒不傻。她抽煙、賣米的事，當然是瞞著老房的。如果他知道了，非打死她不可。

五、帶爺爺回家

那天上午，我們剛在墓地裏安葬了爺爺。下午，媽媽就要我陪她去把爺爺的魂兒喊回家。於是，我和我媽撐著一把小花傘上路了。雨還在下，我們沿著濕漉漉的村街的水泥地行走，一路上有許多人在看我，或許是看我喪禮上的白帽子。但我絕不看他們，我不想在這樣的時候與他們打招呼，或讓他們輕易看到我的表情。看到我沒有任何悲戚的臉。我手拎一盞未點亮的燈籠，和我媽一前一後出了村。我媽走得很快，我得稍稍用點力，才能跟上她。我讓她慢點走，又不急的。我想起有一個文章說靈魂走的太快，會弄丟的，但我又不能和我媽說這些。很快，我們就出了村，再沒有人看戲似地盯著我們，我們都放鬆了心情，一路上有說有笑起來。但這時候，雨還在下，我一點也不討厭這雨，這雨忽然契合了我們此刻的心情。我甚至有點喜歡上了它。一路上，我還有心情左顧右盼地看風景，這道邊的田地早已不種莊稼稻穀了，即使離路口如此之近，他們也沒有這個心思。我發現很多小路在消失，或是被土牆掩了，或者乾脆雜草叢生，要不是我曾經走過，根本無法知道這裏有過這樣一條路，碎石小路，沿途撒滿牛糞，長滿野蔥，荊棘，野菊花，蓬蓬果，蜂蝶飛舞，走在那路上，哼哼小調，摘摘野果，還是很舒服的。

我們轉了一個彎，眼前終於出現那條久違的小路。只有這條路還依稀保存著路的模樣，當然比原先窄了許多，道畔的野草侵佔了路面，看上去鬱鬱青青的，很茂盛，也很豐富。就在這時，我忽然看到爺爺從小路的那頭踱步而來，他肩扛鋤頭，手拿柴刀，剛從半天的勞作中歸來。爺爺沒有手錶，時間在他那裏是混沌的，他想什麼時候下工便什麼時候下工，通常，他的時間比別人晚一兩個鐘頭。奶奶總是餓著肚子等他回來吃飯。起先他通過日影來觀察時間，後來，他對太陽也心生不滿，怎麼搞的，一罈地還沒鋤完日頭就老高了，後來，他就按照自己的時間來，這樣他就滿意了。他在這路上到底走了多少次，這根本沒有辦法計算。

現在，我和我媽走在這條路上。我們走得很慢，很慢。以前，每一次，我走在這裏，我的身邊總是走著我爺爺，這很奇怪，我很少和別的家人走在這裏。爸媽忙著賺錢，只有爺爺他一生的事業都在泥土裏，就像蝸牛或蚯蚓，或是土裏某隻奇怪的甲蟲，殼像鎧甲，硬硬的，一輩子待在鬆軟的土裏，只露出個花白的腦袋，那裏是他安全而溫暖的窩。

我們從山上下來，燈籠已經點燃，香也點著了，我在前頭走，媽媽跟在後頭。好像爺爺真的跟在我們後邊，我們不能回頭。他就像一股煙，或一個影子，任何的風吹草動，都有可能嚇跑他。每過一個臺階，一座橋，穿過馬路，行過水澗，我們都要輕輕地道一聲，爺爺過橋了，爺爺過臺階了，爺爺過馬路了，爺爺小心啊。我們要帶爺爺回家看戲，做戲的人已經來了，臺子已經搭起來，各種樂器將一一奏響，有爺爺最愛聽的鼓聲，還有吵死人的鑼聲，還有我認不出來的古怪樂器，估計爺爺都喜歡。爺爺喜歡熱鬧，越熱鬧越好。爺爺將看到女人在灶台間忙碌，老嫗在折紙錢，男人有各種跑腿的活計要幹，他們要配合道士施法，傳遞各種物什，什麼豆腐啦，豬頭啊，乾果啦，種子啦，這真正是一場戲，只做給爺爺一個人看。爺爺肯定會高興。可我們要放慢了步子進村，這每走一步，都怠慢不得呀。

這一路上好漫長呀，我得時刻提防著手裏的燈籠被風撲滅，事實上，這個可能性幾乎沒有，我怕的是燈籠沒了電，這是電燈籠哦。而我媽手裏的煙，倒有可能在到家前，燃盡，可千萬不能燃盡。爺爺就是憑著燈光和那煙才能跟上我們，所以，我們還得根據煙的燃燒速度來控制步子。我和我媽不言不語，心照不宣，把話含在嘴裏，嘀嘀咕咕，告訴爺爺要注意這個，注意那個。在這一刻，我信極了，爺爺是有魂靈的，他的魂靈就跟在我們後面，我們不回頭，也不能回頭，他就在後頭跟著，一直跟我們回家。我們又來到了村街上，那些人還在東張西望，從各自的門背後探出眼睛來，他們的眼睛像長了鉤子，直楞楞地。終於到家門口了，我媽把香插在牆頭縫裏，然後在院外等著，等到主持禮儀的先生來把爺爺迎進去，主角一到，好戲就真正開場了。

他們來了

在我的童年，村莊大多是安靜的，像蠶躲在桑葉裏醞釀著絲綢之路的走向。誰也沒有想到，它的安靜有一天忽然打破了，就像一個沉默不語的孩子，要開口說話了。

沒有人記得那天的氣候，應該是平常的氣溫、濕度，是那個季節裏的平庸分子。吃過午飯，村裏來了許多人，氣勢洶洶，好像是來抓人的。他們是步行進村的，有穿制服的，也有著便裝的，邁著方步，一臉嚴肅。村裏的路太窄，他們把車停在路口。是後山砍柴的人最先看見這些甲殼蟲般的汽車，心裏「呀」地叫了一聲，該不會出什麼事了吧。抓賭、涉黃，還是出人命了？和自家有沒有關係？心跳無端地加快，怎麼那麼多人，急呀，真是急。又沒有人告訴他們，身旁的莊稼、樹木可不能指點他，他真想爬到樹上去占個有利地形，窺個究竟。

那一日，或許有人在後山砍柴，有人在前山收割莊稼，但我卻在那裏，在家門口的矮凳上坐著發待，他們進來了，來尋我隔壁嬸嬸，說她馬上就要違反計劃生育了。肯定是的，不然生了兩個女兒後怎麼憑空消失了，肯定是躲起來懷第三胎了！他們要抓她去做絕育手術。「快把人交出來！」他們氣洶洶地叫嚷著。沒有人回答。我們嚇得一動也不敢動。連那些院子裏的雞都感到了氣氛的變化，停止了覓食。

一陣沉默之後，他們再次叫嚷著；「再不把人交出來，我們就要進來搬東西了！」阿嬸的婆婆從裏屋顫微微地出來，老太太哭哭啼啼地說，「我也不知道他們去了哪裡啊，你們行行好，可憐可憐我這個老太婆吧。」穿制服的人大手一揮，「再不把人交出來，我們先把這根柱子鋸了再說。」那人的食指在我家和他們家中間的圓柱上一指。我似乎聽見了柱子轟然倒塌的聲音。

大人們低著頭，一聲不吭，全被穿制服的這句話給嚇住了。他們沒有帶鋸子來，可是已經把繩子抖出來了，一截杏色的麻繩，很粗，足可以把那個搖搖欲墜的柱子搬了家。現在，只要他們把它往那柱子上一套，再用力一拉，它們馬上就會摧枯拉朽地倒成一片，那些瓦片、木椽、門窗就會嘩啦啦地散了架，變成一堆粉末廢墟。

我攥緊了手心，心臟在撲騰撲騰地狂跳。我發現那些大人也在發抖，村長在向穿制服的人敬煙，他捏火柴的手在抖，火柴滅了幾次，好不容易才點燃，卻燒到了指尖上。我想笑又不敢笑。

他們沒有把繩子往柱子上套，而是綁住了我嬸嬸的婆婆，因為他們發現這個小腳老太婆竟想開溜。這太不像話了，他們不依不饒地問她：「兒子、媳婦躲到哪裡去了？快說出來！說！」老婆婆就是咬住嘴唇，翻來覆去一句話，「我也不知道他們去了哪裡……同志，我真的不知道他們去了哪裡啊。」說到後來，竟抽抽噎噎地哭起來。他們一聲斷喝，她立刻止住了這哭。「既然不知道，那你為什麼要跑？」她說，「我沒跑啊，我上毛廁去！」說著還抹了一把鼻涕，也不敢看那個穿制服的人。有人想笑，可又不敢笑，生生地把這笑聲吃了下去。那個穿制服的幹部很生氣，怎麼還有這樣刁蠻的老太婆！

他把煙頭掐滅了，在地上一丟，一踩，吼叫著：「你們家還有什麼外地親戚，快老實交代！」

老人家被嚇得說不出話來：「沒啊，我們沒外地親戚的……。」

那個幹部根本不相信，他氣呼呼地走進那間黑漆漆的屋子，隨後穿制服的那群人也一擁而進，翻箱倒櫃地找起東西來，好像那裏面藏著人，他們要把一個剛生過小孩還在月子裏的女人，拉出去閹了。

我快速撥開人群逃跑了。我再也不能站在那裏了，我怕那老房子真的倒下來，我更怕他們做出別的事情。

我來到田野裏，在田壟上走來走去，側耳傾聽著，可是我什麼也沒有聽見。既沒有房子的倒塌聲，也沒有瓦片的碎裂聲。我甚至懷疑他們是否還在那裏，可是，通向村口的那條路靜靜的，沒有人出來啊。我在田壟上來回走著，步子很快，走到盡頭時又馬上折回，有幾次頭暈得不行，差點癱坐下來。日頭轟轟，我不知道能去哪裡。我蹲下身，撫著菜葉子想哭出來。我在野地裏耗時間，摘狗尾巴草玩，用草葉子來占卜誰家的媳婦生女兒，誰家的閨女生兒子。我還為那個生了兩個女兒的嬸嬸占卜，下一胎會不會是個男孩兒。

天終於黑下來了，我戰戰兢兢地往家裏走，我走得很慢，一路上沒有遇見什麼人，走進院門，我發現柱子沒有倒，瓦片更是高高在上。可是我聞到了一種氣味，從食品櫥裏散發的過夜食物的氣味，是鹹菜、薰魚的酸腐氣味，我走過嬸嬸的房門，吃了一驚。櫥櫃倒扣在地，雜物撒得滿屋子都是，椅凳被推倒了，張牙舞爪地橫在路中間，玻璃窗破了大洞，室外的空氣正絲絲縷縷地進去，一條條被撕裂開來，擲在地上，不能動彈。

我含淚路過嬸嬸的房子，路過躺在地上的一切，心底的某處忽然像沒了知覺一樣，鈍鈍地，不知該作出何種反應。

手藝人的光芒

那時候，村莊裏的人都喜歡待在家裏。除了集日去鎮上買點種子化肥、鹹魚蝦米回來，連十里之外的縣城也難得去一趟。村裏人不輕易出去，外面的人卻頻頻進來。他們是村人請的木匠、篾匠、棉花匠、泥水匠、裁縫師，也有不請自來的修傘匠、剃頭匠、鏨碗刻字的手藝人。這些跟著風行走的人，從這個村落到下一個村落，風餐露宿，形色匆匆，在靜止不動的村裏人看來，他們實在是太辛苦了。

一、賣冰棍的男人

夏天有賣冰棍的男人頭戴涼帽，脖頸上掛塊毛巾，踩一輛鳳凰牌或飛鴿牌男用自行車進村，賣糖冰喲，賣糖冰喲，白糖三分，綠豆五分——，一路嚷嚷著進村。賣冰棍的男人下了車，他左手扶車把，右手持木塊在箱子上「啪

啪啪」地敲著。木箱子被漆成草綠色，裏面襯著厚厚的棉絮，棉絮裏裹著一根根白紙包的冰棍。男人把車子停在陰涼處，隨手撩起脖頸上的毛巾擦了擦汗。拍拍聲很快引來了成群的孩童，他們攥著硬幣、紙幣紛紛跑向那個草綠色的木箱子。那個綠箱子忽然冒著白氣。孩子們接過冰棍，迫不及待地撕開白紙舔起來，冷不防舌尖被冰棍粘住了，哇哇亂叫。

賣冰棍的男人進村時，我通常在樓上午睡，迷糊中聽到那聲音，趕緊夾雙拖鞋下樓，如果他是進村的話，我就能在世愛的家門口喊住他，如果他是往村外的方向騎去，那我只能看著他的背影消失在村口。我口乾舌燥，站在發燙的石子路上，心裏懊惱得直想哭。

我有個姨夫也是賣冰棍的，有一次我在路上看見了他騎著那輛高大的自行車，後座上赫然立著綠色木箱子。他從我身邊騎走了，沒有停下來吆喝，估計他的冰棍已經賣完了。

二、豆腐郎

那時，每日進村的還有賣豆腐的男人，騎輛三輪車，車兜裏裝著滿滿的豆腐架子，八成已經空了，我們村是他最後一站，賣完僅剩的這點就可以結束這一天的買賣了。豆腐郎嘴裏叼著一根煙，一邊秤豆腐，一邊笑嘻嘻地與人說話。買豆腐的婦女攥著皺巴巴的紙幣過來了，也有端著一碗黃豆過來換的，對此豆腐郎都一視同仁。他認真地秤了豆子，往口袋裏一倒，默默計算著該得多少豆腐，一刀切下去，沒有不準的。這以物易物的風俗，真讓人感動，黃豆和豆腐儼然成了聖潔與高貴的象徵。淳樸的民風宛如豆腐郎所做的豆腐，微黃，老成，有一股子真正的豆香，不怕摔，即使摔到地上也是成形的。

豆腐郎很快就載著空空的豆腐架子返回了，香煙已經燒到煙屁股了仍舊篤悠悠地銜著。他的豆腐車晃晃悠悠出了村。沒有買到豆腐的婦女也不懊惱，明天他還得來。

三、補碗匠

村裏人家的碗都是刻有名字的，沒有姓，只有名，因為刻碗匠是根據字數多少來收取費用的。用小鐵錘敲打，小鏨子來刻，手力要好，精細之活，更要掌握分寸。刻字並不比繡花簡單。一經刻上的字，怎麼洗、擦，都除不了痕跡。就是摔破了，連碎片也是有名字的。碗是那個年代的重要器皿，村裏哪戶人家有紅白喜事，都要挨家挨戶借碗借盆借桌椅板凳，那些寫有各家名字的碗盆方便了村人的借還。

碗很寶貴，只有過年了才會添一些。小孩子如果不小心打破一口碗那是很擔心的。記得有一種植物叫打碗碗花，據說只要摘了這花揣在懷裏，這手裏的碗就會自動摔破。這傳說是否靈驗，早已忘了。但怕打破碗盆的焦慮之心，卻留在童年的記憶裏。

早年據說還有補碗匠，不過我沒有見過。補碗想必更加高難度。由碗而誕生的這兩類藝人，曾經在鄉村生活中佔據了很大比重，不過現在已經絕跡了。那些寫有名字的碗也漸漸消失了蹤影，破的破，丟的丟，倖存下來的也已不再頻頻使用，偶爾盛飯時發現了它，總要沉默片刻，再悄悄地把它擱到碗櫥的最深處。

四、修傘匠

我記得修傘匠都是晴天來的。他來的正是時候。如果是下雨天來，他會一把雨傘也遇不到，它們都被人帶出門了。修傘匠不需要像別的手藝人那樣滿街吆喝，只需攬到第一件活兒，接下來自然會有人聞風而來。「我這把能修好麼？」「看看我的吧。」他們紛紛帶來自己的傘，請他過目。不是所有的雨傘都能修，就如不是所有的壞人都能變好。只需瞄上一眼，他就知道這把可以修，那把不行，或者不值得修，傘的主人聽了也就乖乖地把傘帶回去。

修傘匠在人家屋簷下支起隨身攜帶的小矮凳，把圍布往膝蓋上一鋪，再戴上髒兮兮的袖套，開始了他的手工活。他不時地從沾滿污垢的帆布袋裏取出尖嘴鉗、鐵錘、剪刀、鋼銼、螺絲刀、鐵絲、呢絨線等工具，用完了，又立刻放回，他擺弄這些工具宛如擺弄自己的手指，熟練、輕巧，完全是潛意識的動作。鄉間風大，傘骨最容易折斷，尤其是支傘骨。需要更換的還有傘布，大部分傘布顏色暗淡，以深藍、藏青和金屬灰居多，我未曾見人撐紅傘或綠傘，顏色鮮亮的雨傘在鄉間是絕跡的。在清亮的雨季，如果有人撐紅傘從村口走來，那該是油畫中的鏡像。我一次也沒有看見過。

雨傘還被賦予特殊的功能。白日惶惶，如果有人撐黑傘進村，那肯定是來報喪的。在送葬的隊伍中，那個抱靈位的男子必是這家的女婿，他頭上撐的也是黑傘。那一刻，黑傘罩住的是悲傷，至少在那一小片空間裏，一個人的悲傷是被庇佑的。

當麥子豐收的季節，牲畜房、院角落、灶台間便堆滿麥桿，孩童喜歡折麥桿來做袖珍小雨傘，傘骨和傘柄都是金燦燦的。麥桿衣是傘上開關，只需輕輕一拉，袖珍傘便撐開傘架，孩子將它頂在頭上，一路嚷嚷著：落雨嘍，落雨嘍。做袖珍傘是童年的樂趣，做了一頂又一頂，扯破了再做，輕輕一拉，又破了。如此反覆真是樂趣無窮。

五、貨郎

貨郎進村就像母雞下蛋，總要弄點聲響出來，惟恐別人不知。貨郎進村是不吆喝的，那鼓聲就是他的嗓門，似乎在說「出動，出動，出動動」，明麗清脆，充滿煽動性，連昏昏欲睡的人也會被弄得興奮無比。孩童和婦女們循聲而來，把賣糖擔團團圍住。一根扁擔挑起兩個籮筐，就是他的全部行頭。籮筐裏放著針頭線腦、各色鈕扣、小玩具、頭繩髮飾、廉價脂粉，還有一塊塊盤狀包著粽葉的蔗糖，撒了芝麻，帶點薄荷香。他們高舉著積攢下來的牙膏殼、雞肫皮、易開罐和零錢，眼睛吧嗒吧嗒地看著，擠擠挨挨地把個賣糖擔子圍個水泄不通。

貨郎不急不緩地收下一個人的錢或東西，拿著小鐵刀按在糖上，然後用一個小錘子「當」地一敲，那糖便分開了，用粽葉一裹交給來人。孩子們在旁叫道：多給點吧，多給點吧。他只呵呵笑著，有時也會多給一點。孩童圍著賣糖擔，女人則對那紐扣、脂粉感興趣，這些東西一般要用錢來買。有幾個女子在大膽地議價，貨郎很固執，有時候能輕易成交，有時卻絕不妥協。他似乎並不嚴格遵守商業交易準則，所有的決定只在閃念間。誰知道這個風塵僕僕的貨郎到底在想些什麼。

一陣喧騰過後，賣糖擔前空了下來，買糖的孩童吮著糖一路走回家，還有幾個女孩在頭飾、脂粉前流連，直到貨郎扛著擔子起身，她們才漸漸退下，心裏默記著那新款的頭飾、髮夾，積攢著錢等他下次再來。

六、駝背彈棉匠

每次來村裏彈棉花的都是那個駝背。我在鎮上看到彈棉花的也是個駝背，這讓我詫異，是駝背選擇了這個古老的行當，還是這個行當讓他們成了駝背，不得而知。細細地看，他們的形象與手裏的彈弓倒有幾份相似之處。村裏嫁女兒的人家都要彈棉絮，棉被是必不可少的嫁妝，一條條紅綠藍紫的棉被，抬在去往夫家的鄉野小路上，要引來多少欣羨的目光。

彈棉花的戴個大口罩，他手中的彈弓發出單調而沉悶的嘭嘭響，兩塊門板拼成的方台上鋪著厚厚一床鬆軟的棉絮，隨著弓弦的彈跳，雪花一般的棉絮沾著他的頭髮、衣襟，整個人變成白頭髮、白眉毛，穿了白衣服。

檀木榔頭，杉木梢；金雞叫，雪花飄。他手舉榔頭頻頻敲弦，每一次敲擊都給人一腳踏空的感覺。厚重的力量擊打在細如遊絲的弦上，再通過弓弦抵達棉絮之上，一級級傳達，板上棉花漸趨疏鬆，如發酵的麵粉，一朵朵軟了身體，散了架，繳了器械，投了降。

上線是兩個人的活，由駝背彈棉匠和他的小個子女人一同完成。一人牽線，一個拉，無需言語，配合默契。白色棉線縱橫分佈成網狀，橫躺豎躺，密密麻麻，堪稱天衣無縫。接下來是壓磨。那個駝背男人像小孩過家家似的在棉絮上不停地壓啊磨啊，隨著一處塌陷成窪地，周遭成鼓起的山嶺，他不停地變換位置，直到他的力量遍及整個白色的世界。

在那片白色的漩渦中，他傴僂著腰，越陷越深，又隨時可以站起來。

七、篾匠

通常是農忙之前，村民請來篾匠來家中做幾日活。新鮮的竹子從後山背來，於中間剖開，削成一條條篾片，擺在院落裏。滿院子的篾片，細細長長，散發出竹的清香。在編織新蔑器同時，主家還要求修補舊的，篾匠都將一一照辦。農家的竹簞、篩子、籮筐，因年年使用，已漸趨稀疏，有破了洞的，也有缺了邊的。新竹劈了來，鑲嵌在舊竹上，宛如給老人換上了嫩皮膚，不和諧是有的，卻覺得妥帖。通常是補了又補，修了又修，對物的愛惜到了極致。

和彈棉匠一樣，篾匠也要在主人家裏住上幾日，吃好的，喝好的，臨走了，還給工錢。村裏請得起匠人來做工的，都是中等以上人家。他們有能力對現有的一切進行修整，使之變得更好。

有一個黃昏，我看見別人家請的篾匠坐在一張新編的蔑席上。那是一個年輕的婦女，黑髮披肩，雙手在薄薄的篾片間穿梭，她默然不語，偶爾看一眼蔑席的那一頭，側側身，似乎對自己的勞動成果感到滿意。

她坐在那張尚未完工的蔑席上，她低著頭，宛如坐在清水池塘裏，那一片盛開的睡蓮叢中。

如今，這些手藝人早已不來了，而我也離開了。就如童年亦離我遠去。樹枝長高了，過客們走了，村莊變得荒涼。只有那些打算死在村莊裏的人，才原地不動、慢騰騰地過著日子。他們有足夠的時間，讓自己成為村莊真正的主人。

待嫁的女兒

在村裏，女孩兒是不愁嫁的，無論長相多麼不起眼，女紅如何不擅長，最後總有一頂花轎（以前是轎，如今是汽車）熱熱鬧鬧地來把她娶走。目前還生活在村莊裏，遠遠地過了結婚和生育年齡，還未有人來提親的女孩中，如今只剩惠芬一個了。連低智商的尼娜都嫁到了北京，據說還生了兒子，婆家人很疼她。惠芬以前是有未婚夫的。在她二十三歲那年，青春的脖頸上忽然長出了個瘤。這瘤不大不小，還能活動。他們帶著她去杭州大醫院，瘤是摘掉了，人也平安回來了。可她的未婚夫，同村的青年，卻和她斷了關係。或許是家人的主意，也有可能是自身的理智戰勝了情感。總之，青年後來去了寧波，隨即一家數口也在村莊消失。

這一切，只因見多識廣的城裏醫生說了這麼一句話：這瘤子，有可能會復發，也有可能不會。

一句模稜兩可的話，比確定的東西都更具殺傷力。此後，惠芬成了一個滿臉憂鬱的女孩，脖子上的刀疤，似乎在提醒著別人這是一個埋藏的地雷，隨時可能爆炸，有哪個男孩子有勇氣去踩這個地雷。特別是當她的同齡人，一個個被各自的男人娶走，她們有了孩子，有的甚至還不止一個，而她，依然住在村子裏，在一家工廠上班，獨來獨往，眼裏沒有絲毫笑容，脖子上的瘤又動了一刀，疤痕收縮得厲害，脖子有點歪斜，嘴角也有點抽，完全敗了相，讓人看著難受。

上天說，為了讓這個村莊的女孩獲得幸福，必須有一個女孩長瘤，忍受寂寞孤苦，終身不得出嫁。神的意志不可違抗，於是，惠芬成了那個倒楣的被選中者。同村的女孩特別是她的同齡人——那些體驗了婚姻歡樂的人，回娘家遇見她時，隱隱地就有了愧疚感，又不願說什麼，遠遠地也只有繞道。惠芬更加寂寞了。

惠芬的原未婚夫也要結婚了，婚禮回到村莊裏舉行。那是臘月裏，新娘穿著曳地白紗裙，腦後梳個髮髻，臉上施了粉，裝了假睫毛，吊梢眼，露出鎖骨，很美。那條租來的白紗裙從轎車裏走下來，在泥地上拖著，在草叢裏拖著，一直拖到新房裏。如此冷的天，還穿裙子，而且是白色的，這個外村女子遭來了非議。我寧願相信他們的非議飽含了對惠芬的同情。我不知惠芬那天的心情如何，我住的地方離她家有點遠，她大概還是老樣子，梗著脖子，臉色鐵青，獨進獨出。但她一定聽到了鞭炮聲和喜宴上傳來的歡聲笑語。

後來，我再沒有見過惠芬。因為我也離開了村莊，只是偶然回去，又匆匆返回。我只知道村裏的女孩兒一批批出嫁，像早早盛開的花朵，結婚是她們一生中最美的時刻，很快她們就生兒育女，不知去向。近年來，就連四十幾歲的老光棍也運氣好得能結上婚了，他們的新娘都是外地女子，有過長短不一的婚史。說是新娘，其實已經是中年女子的臉了。她們皮膚黝黑，吃苦耐勞，成群結隊出來打工，見識了外面的世界，就不想回去了。以她們的年紀嫁一個青年是絕不可能的了，好在村子裏還有許多中年男人，曾經由於貧窮而沒有解決個人問題，現在他們的機會來了。

在眾多複雜或簡單的結婚消息中，一直沒有傳來惠芬的喜訊。掐指算來，她已經四十幾歲了，一個女人最好的光陰已成過去。她脖子上切掉瘤子的地方到目前為止一直相安無事，或許明天就要發作，或許一輩子就沒有問題。

鄉村的愛情是稱斤論兩的愛情。一個傻裏傻氣的女孩子可以嫁掉，一個胖得身材走樣的女孩也可以嫁掉，甚至一個懶惰貪食的女孩也不難解決婚姻問題，只有那些生病的、殘疾的女孩，她們在飽受命運摧殘的同時，還要繼續忍受生活的折磨。或許曾有愛情的光芒在她們的青春期快速閃過，可沒有人願意把她們當人生的伴侶來娶回家。惠芬或許永遠也找不到她的愛人了。一個女孩子在生養她的村子裏終老，沒有子嗣，給她立碑的是子侄輩，這是多麼淒慘的事。

人們常說，上帝給人關上一扇門的時候，必給她開一扇窗。可是惠芬的窗戶在哪裡？

棗樹

我家有兩棵棗樹，曬場上有一棵，隔河而望的是自留地上的另一棵。它們一定是被爺爺的爺爺從哪裡拔來樹苗，同一日栽下，特特地隔著河，讓它們暗地裏拼著勁，比賽長高。

從我生下來知事起，它們就已經是大樹了，遠遠脫離了少年期，樹身粗壯，枝繁葉茂，矮墩墩的，分了枝杈，早就會結果子了。與自留地上的棗樹比，曬場上的這棵最大用途就是晾曬衣物，它和邊上的若干棵楝樹站成一排，被晾衣繩綁縛著，年復一年，留下了密集的勒痕，像任勞任怨的人，其實是逃身無術，無可奈何罷了。

楝樹是高的，一個勁地往上長，挺拔筆直，結的果子也無實質性用處，被孩童用來玩彈弓。秋天，楝樹的葉子黃了，緊跟著要落了，人站在樹下，一不留神，便有棟果掉在頭上，咚地一聲，梆梆響，有點疼。而棗樹則是敦實的，往橫裏長，樹皮皺縮，厚實，即使拿把刀來割也無傷皮肉。它是那種皮膚黝黑、身材敦實的鄉村少年，疲累時倚靠在它身上，它絕不會忽然移動身體，讓你摔個人仰馬翻。

陰曆七、八月是棗子成熟的季節。這時節如恰有颱風、暴雨，就不宜上樹摘棗或手持木棍胡亂打棗，只能強忍著，看著它們一天天紅起來，甜度也在風中慢慢積蓄起來，直待天晴水退，就可揮棒悉數打下嚐個鮮。

也有幾年，這棗子就在颱風暴雨中刮落，咚地一聲掉在水裏，再咚地一聲，一枚枚掉在水裏似乎有迴響，但在連天的暴雨中這聲音大概只有它們自己能察覺。只是可惜了一年的生長，落了個掉在水裏被水泡成虛胖的下場。也有幾年，趕上了持棍打棗的好日子。它們落在河灘的草叢裏，一枚枚找尋，一個個驚喜，孩童覺得好玩的很，也不見得怎樣好吃。

有一年，棗樹結果寥寥。一個黃昏，祖母磨刀霍霍，在棗樹矮胖的樹枝上留下幾道清淺的刀痕。還嚷嚷著：砍了它，砍了它，留下這沒用的東西幹什麼啊。下手卻很遲緩。祖父在一旁勸架，無非是這幾句話，它知錯了，知錯了。也是漫不經心，演戲似的。

那時，我還不知他們的真目的，以為他們要砍了這樹，可又沒有真砍，心裏很納悶，無端地揣了心思，有點惴惴然，為棗樹的遭際擔憂著。卻也沒有真的往心裏去，因為它們還完好無損地長在那裏，特別是曬場上的那棵，每日捧出花綠的衣服給太陽看。我承認自留地上的那株被我關注得少了些。

發洪水的時候，我扶著棗樹看小河裏氾濫的黃泥水，只覺得頭暈得厲害，整個人好像要被水流帶走了。無數個密集的漩渦在轉動著，不顧一切地要帶走什麼。我相信棗樹的根一定紮到了河岸上，甚至河床裏，它離水那麼近，它身體的絕大部分都是在水上，在日復一日與水的較量中，它活了下來。

棗樹終於被爺爺叫來的人伐倒，倒在沙石俱現的河床上，把一側的土牆都給拌倒了。沒有棗樹的曬場顯得空曠，似乎不是平常的模樣了。棗樹此去一定是做了床、做了椅凳、做了工藝品，它還在這人世的循環中，只是木頭上再也不能開出花、結出果來，讓我辨認。我家的曬場上沒了棗樹後，連楝樹也被砍走了，再也沒有人在那裏晾曬衣物。

這已是我離家多年後的事情了。

柿子

住在一個房前屋後長滿果樹的村子裏，樹上的果實又能長到黃燦燦、紅通通的自然成熟狀態，或許還有蟲鳥咬啄的痕跡，裂縫裏露出果肉來，被無慾的手一一摘下，或許還留一兩個在樹梢頭，全為了美觀的考慮。這樣的果子哪怕不吃，看著聞著都覺得美。可在我童年的村莊裏，全然不是這樣，當果子還是乾癟、酸澀、硬梆梆得像個鐵塊時，就遭遇被採摘的命運，被孩童當作打人的武器隨意扔擲，或被大人捂藏在穀糠裏，由於溫度的作用，澀味略消，卻絲毫沒有果實的甜味。他們就這樣對待柿子、梨、癟棗、桔子。桔子未成熟的酸，吃到牙關酸脹、眼睛流淚的程度，到底忘不了。誰讓桔樹長得這般矮小，或者說很小的桔樹就出息到盤算著結果了，只有那些高大的樹木才能保護果實到成熟的狀態。柿子樹就是其中之一。栗子那樣渾身長刺的果子也是能熬到自然熟的。

柿子也有青澀的時候就被人弄來，捂在穀糠裏，掐著時間，削皮吃，還是澀的。這些柿子或許是地上揀來的，颱風來了，整株柿樹倒有一半的果子落在草叢裏。一個人去摘青柿子總有些可笑，況且柿子樹那麼高，村裏的柿子樹都是高的，離村莊很遠，在山上，在地頭，並不是成片載種，而是東一株，西一棵，有三四米高，是村裏的共同財產。在收穫季節，由村裏的男人扁擔上串著籮筐去摘了來，倒在村裏的辦公樓裏一起去賣了分錢。

摘柿在秋天。秋風吹，會掉葉的樹都掉得差不多了，柿樹光禿瘦棱，橢圓的柿子五六個一串，壓彎了枝條，有橙黃的、橘紅的，有幾個長在高而遠的枝上，孩童從低處從上瞅，越發高遠無邊，似要脫離枝條而去。特別軟而紅的，已不在樹上，倖存者往往被鳥雀啄食到只剩一半，或跌落草叢中，軟蔫得不成樣子，或成了紅而粘稠的一灘水。父親擔著籮筐去摘柿，我跟在他後面，籃子裏裝著草，藍底塞著幾枚滾圓通透的柿子，一路做賊似地趕回家，怕被人查問，拼命瞅著籃中草，瞅到的分明是柿子。

柿子擱在窗前桌上，熟到恰到好處，橘紅柔軟，柿蒂像微青或茶色的花瓣，微張的四、五片，花心微凹，上面還有柄，肉嘟嘟的果肉緊繃著，似貯存著無限的蜜汁。柿子可製成柿餅，形似滿月，月上有白霜，很甜，霜露過後的果實一般都甜到果心裏去。村裏人製柿餅選用自然乾燥法，也就是日光療法，陽光是天地間農人的瑰寶。製柿餅步驟如下：擇果大無核、水分適中、萼尖薄黃者去皮，之後曬炕、捏餅、貯藏，如此按部就班，其中決定甜度的一項是霜降前後，取其在陰涼下攤曬，避雨和光，直到柿餅表面現白霜，外硬內軟，呈透明膠粘狀，起銅鑼邊，才收入甕中，大功告成。

我小時侯有幾次睡在同學家，她母親愛做柿餅，房間的窗臺上擺著圓形曬墊，墊上攤放著柿餅，餅上未現白霜，但夜色中有甜味，薰得人不能入睡。吃過幾次，這時的柿餅是澀的，澀得舌頭起了皺，咕咚咕咚喝水也沖不掉唇齒間的澀味，嘴裏長了小刺般，非常難受。而當霜降之後，甜度悄然而至，柿餅由硬變軟，外面微硬，裏面卻是軟的，實在太甜了，甜到牙齒裏，牙齒縫裏嵌著果肉纖維，一點水分也沒有，甜到牙疼。與鮮柿子比，柿餅的甜是濃縮而沒有回味的，但在漫漫的冬天，嘴巴淡嘰嘰的，沒有新鮮甜果可食，白茫的雪天，咬一口柿餅，在火爐邊烤烤火，能回味整個冬天呢。

整個童年，除了柿子，我回想不起別的果實能給味蕾如此甜爛的感覺。我的童年是貧乏的，生病了才能聞到蘋果香，在暗落落的抽斗裏，微紅的蘋果散發出潔淨而沉穩的甜香。

在枝頭上長至自然成熟，還能把甜度曬乾保存下來，這是作為果實的最大福分。柿子做到了，它的生存想必沒有遺憾了。

清明花事

清明的山坡上，生長著一種手指般粗壯的灌木，葉片形狀及名稱全然忘了。我只記得爺爺用柴刀截了它下來，再輕輕地剝開它的皮，有白色的汁液牛奶一樣溢出來，濃郁的粘稠的，有草木的清香。爺爺把樹皮捲成喇叭狀，放在唇邊輕輕地吹，有嗚嗚嗚的聲音在林間迴響。一路吹回家，這聲音也不緊不慢地跟我回家。我未曾聽過豆莢清脆的爆破聲，紫花地丁啪啪的開裂聲，只知爺爺嘴邊這嗚嗚的聲音是世上最美的。

清明時節還有杜鵑，俗稱映山紅，山林的眼睛，摧枯拉朽紅成一片。不同的紅，粉紅，玫紅，水紅，葉子的綠意也迥異，有的剛剛冒出，是粉嫩無邊的新綠，有的在風中搖曳久了，便是深沉的墨綠色。粉紅花瓣配以粉嫩葉子，似乎這世界還是纖塵不染的樣子。

撕下一片花瓣，放在嘴裏輕輕地咬，呈微微的酸澀感，讓人皺眉。一邊皺

眉，一邊往下嚥。過了許久，仍有異物感，像有一朵花插在喉管裏，花香如巫言，慢慢地讓我眩暈。長輩的告誡言猶在耳：貪吃映山紅，會流鼻血。便有些惶恐，不敢再吃了。捧花下山，內心惴惴然。回家，找一個明亮的玻璃瓶，蓄一汪清水養著，日日換水，早晚必看。花瓣之精氣從此卻神秘地消散，雪一樣消瘦下去。不論多美的花，一旦離開枝頭，便是萎謝。

幾日不見，已是乾柴一把，內心不忍，還是扔了它們在門前的垃圾堆裏。曾經開過或還未來得及打開的花，都神秘地消失了，與普通的柴火無異，幾天一過，丟進灶膛裏，轟地一下化作灰燼。明年清明，還是照舊捧一紮映山紅回家，找一乾淨的瓶子，倒水，蓄水，換水，看著花魂一日日從瓶子裏逃匿出去，不悔不惱。人對自己得不到的東西有一股子可怕的韌勁。

期間還有油菜花，夢幻般的黃，散發出熱辣的氣息，簡直讓人目盲。人在花叢中走，只見花朵不見人，細碎的花瓣粉塵似往下掉，黏附著袖子、衣襟、發梢，還有那鬆軟的紅糖一樣的泥土上，也全是明豔的鵝黃。太陽出來了，人往油菜地裏一站，便覺得人世的悲傷全被這熾熱的顏色吸了去。

清明過去了，杜鵑謝了，油菜花漸漸收攏了十字形花瓣，它們默默地積蓄著，等待下一個季節的爆裂。

割草

兔子吃綠的草，長出的毛卻是白的，又白又軟，比風兒還要輕，比雲朵還要白。我童年時每日割草就是為了餵養家裏的十幾隻兔子。為了得到它們身上的毛，我不知割了多少草。我夢裏都在割草，如果遇到一片異常肥沃的草地，那種歡樂的感覺就如在炎熱的夏天猛然吹來一陣涼風，只想立刻撲過去。我經常拎著菜籃子尋尋覓覓，我知道哪些草兔子喜歡吃，哪些草兔子只在沒辦法的情況下才吃。兔子沒有告訴過我這些，我憑的是直覺。那些肥嫩，嬌豔，脆爽，看著滿心歡喜，割起來有嚓嚓的聲音，我知道兔子肯定喜歡吃。我偷聽過兔子吃草的聲音，那聲音和我的鐮刀遇見一片肥沃的草地所發出的聲音非常相似。兔子喜歡吃的草通常長在背陰的地方，樹底下，牆角下，或者墳地裏。我最喜歡割樹底下的草，如果雨後去割，通常會有意外之喜。它們油綠發亮，其長度剛可被我握在手裏，當我伸出鐮刀去割時，有草的汁液迸濺在我的衣褲

上，那汁液也是綠的。如果好幾日不去，它們會蔓生開去，好像要爬到樹上去。我暗地裏給它取了個名字，爬樹草，好像這些草不滿足於地面上的匍匐生活，要爬到樹上去。而它們從來也沒有爬到樹上去，不是被我割掉了，就是被牛兒啃食了，或者在季節的交換中枯黃、萎謝，被一陣天火燒掉了。

那些長刺的、有異味的，我知道兔子不愛吃，我也從來不去割。我總喜歡割一些如果我是兔子也喜歡吃的草。那些草有真正的青草味，碧綠碧綠的，剛從泥土裏鑽出來，還沒被風兒刮老。長在水裏的草叫燈芯草，一截一截的，中間是空的，不知為什麼我總覺得兔子不愛吃這個，也從來不去割。磚窯廠裏塑膠薄膜覆蓋下的草長得好快，掀開來割，有股暖烘氣，那草也不綠，微黃，可能長得太快的緣故。除非別處找不到更好的，我一般也不太割塑膠薄膜下生長的草。我有時候也會割幾株野花帶給兔子，明知道兔子不吃花，可是讓它聞聞花朵的味道也好，因為我自己就喜歡聞。春夏是草兒生長的黃金時間，田野裏到處都是肥美的青草，只需一會兒的時間，我就可割得滿滿一籃子而歸。而當秋冬來了，我只能拎著籃子到處尋找草的蹤跡，我會去平時不太去的地方，我離家越來越遠，不放過視野中出現的任何綠意，但依然很難尋到一片肥美的草地。那些草都老了，葉子變黃了，莖桿變粗了，割起來都覺得吃力，兔子怎麼吃？

當真正的冬天來到，大地上就沒有草可割了，我的籃子和鐮刀也該歇息了。兔子們在漫長的冬天裏大概只有淡嘰嘰的白蘿蔔和蘿蔔葉子可吃，還是饑一頓飽一頓的。我家的兔子餓得最厲害的時候，曾把兔籠上的竹條子啃斷一根，從縫隙裏逃出來在黑暗的牲畜房裏四處找吃的，找不到吃的也回不到籠子裏去了，因為那籠子太高，只能饑寒交迫地躲藏在角落裏。當逃匿者被主人發現時，渾身毛髮早已污穢不堪，白兔變成了黑兔，渾身上下只有眼睛是紅的。

在冬天黑暗的牲畜房裏，饑餓的兔子們豎著耳朵聆聽外面世界的聲響，一有風吹草動，就把前爪抓趴在兔籠上，睜著猩紅的眼睛，期待一個從天而降的人來將它們拯救。每當我來牲畜房取什麼東西，都可看到它們把前爪高高地舉起，兩隻紅眼睛死死地盯住你。我身上沒有什麼東西可以餵它，覺得非常抱歉，就急急地把門帶上了，隨著吱呀一聲響，我殘忍地把兔子們剛剛燃起的希望打破了。

當我在溫暖的屋子裏吃得飽飽的，兔子們卻在煎熬。它們毛髮枯槁，神疲體乏，瘦骨嶙峋，能有幸熬過漫長冬天的兔子，會有春天的嫩草來補償。

每一隻終於來到春天的兔子，都有一個怎樣活蹦亂跳的故事啊。

上學路上

那時候，我天天在路上尋找做好事的機會，給老人推車，背生病的小妹妹上醫院，揀到錢交公什麼的。我的作文裏寫的也儘是這些東西。日日盼望著能有這樣的機會，可很長時間過去了，這樣的好事一件也沒有讓我遇上。我認為是自己起得太晚了，那些好事全被人搶光了，要不然教室牆上掛著的好人好事登記簿上怎麼有人天天在做好事啊。我還認為他們在撒謊，具體證據暫時還沒有。

那時候，老師要求我們日日是好人，天天做好事。老師一定以為那些好事就像河灘裏的沙子一樣等著我們去揀，事實上，那本好人好事登記簿上每天都有人在寫。只有做了好事的人才能受到表揚。我最想做的好事是把揀到的錢交給老師，這樣的好事含金量最高。有一次，我實在太想被表揚了，就從自己口袋裏摸出錢交給老師，並對老師說：「這是我揀來的。」老師當著很多同學的面，表揚了我。這更加激勵了我做好事的決心。

已經很久沒有做好事了，我心裏憋得難受。當我看到我的同桌又在那本好人好事登記簿上寫著什麼的時候，我忍不住了，我也想寫點東西。我好久沒在那上面寫東西了。我好久沒有得到表揚了。

我們寫過的東西，都要讓一個人過目，由他來判斷整個事件的真假虛實，如果事情確鑿，由他來彙報老師，老師再來表揚我們。那個人就是我們班長。當他看過我的記錄後，馬上問我：有誰看到你做這件好事了？

我支吾了半天，才吐出一個名字，那是我們村裏一個小男孩的名字。班長不認識他，也不可能跑去問他。他狐疑地看了我好久，沒有說什麼。我若無其事地走到座位前坐下。從此之後，只要一看到那個本子，就回想起班長的眼睛，幾乎是條件反射，那種感覺真難受，好像我是一個小偷，被人當場抓住了。我再也不敢在那個本子上寫什麼了。

從此之後，我對做好事持漠然態度。儘管在上學放學的路上，我還是習慣性地低著頭，以可能揀到一枚銀幣的姿態那樣低頭。我從沒有揀到任何值錢的東西，除了幾片樹葉，幾個野果和玻璃彈珠什麼的，那些都沒有上交，它們遠不夠做好事的資格，老師也不會對此感興趣。當不再被做好事的念頭困擾時，我發現從家裏到學校的這段路上，真是其樂無窮。我不走大路，沿著田埂走，沿著水渠走，走到紫雲英盛開的水田上，走到青青鬱鬱的麥田裏，我摘花、採野蔥，夏天的時候還有一種蓬蓬果，像兔子的眼睛，紅紅的，長有黑黑的刺，特別讓我喜歡。有時也會碰到幾條游離的蛇在草叢中埋伏著，猛地看見，讓我魂飛魄散。可跑過一陣回頭再看，不見蛇游過來，就放了心，繼續慢騰騰地走著。這一路玩回家，等到了家裏，天也黑了，早把做好事丟到雲朵外面去了。

長大之後，當我在做著一件什麼事情時，有人驚呼，你在做好事呀！我一定會驚惶莫名，然後逃之夭夭。我一直記得班長那狐疑的眼神，永遠也忘不了。

我一直搞不清楚那時候的老師為什麼如此強調讓人做好事，而且被逼迫著、比賽著做好事，唯恐落後。物極必反，現在的人好事到了眼皮子底下都不願做了。這兩個世界我都不太愛。我只愛之前那個世界裏，孩童能在上學和放學的路上自由玩耍的那一部分。

黑暗中告別

人們通常會選擇亡人新近離去的那幾日來操持一個告別儀式。趁著請來幫忙的族中人還未散去，靈前擺放的鮮花還未凋謝，親屬女眷的悲傷之心還未從淚液浸泡中解脫出來。

讓我們快快開始吧。既然這是一場為了遺忘而舉行的告別，在真正的忘卻來臨之前，趕緊開場，越快越好。

一個恰當的空間，食物道具，齊心施法的人，心懷悲傷的未亡人，家族男丁，子侄孫輩——一切都是現成的。從午後開始，敲打念唱的人就已各就各位，好戲要開場了。村裏德高望重的老人被選作儀禮主事，早在幾天前，當黑白相框裏的那個人剛剛咽氣時，他就已經忙開了。

儀式被安排在靈堂之上，那是世上最讓人心灰意冷的地方。但所謂靈堂只是暫時的，只要揿了挽聯，貼上紅紙，鋪上紅布，點上紅燭，馬上變身婚宴現場，滿席的雞鴨魚肉，珍饈海味，紅衣紅褲的新娘子嬌羞羞地低頭進來了，陪同而來的是同樣嬌羞的伴娘，這些來自新娘故鄉的未婚女子將受到伴郎們的捉弄，這與其受歡迎程度完全成正比。

可現在，紅紙上覆蓋的是白布，通體素白的靈堂像一張悲傷的人臉。任何顏色的變化在此提醒著角色和功能的轉變。

還有比靈堂更好的選擇嗎？只有這裏還依稀保留著亡人的氣息，燭油的氣味，祭品的氣味，鞭炮爆炸後的硫磺氣味，和從舊房子的深處散發出來的腐爛氣味——這最後一種將無限接近事物真相。蟑螂、老鼠黝黑肥碩的身體在燭油和殘剩的祭品上滾過，即刻消失在黑暗深處。它們的出現與亡人的消失有遙相呼應之處吧。

相比於靈堂之上的秩序井然，在他生活了一輩子的那間屋子裏，一切佈置擺設已經改變，床板木架被拆得七零八落，被褥衣物扔在村外的野地裏焚燒殆盡，甚至生前所用的便桶、餐具也已被當作不潔之物及時處理掉了。而就在幾天前，他還躺在這間屋子裏，他的咳嗽聲、叫罵聲、呻吟聲曾如此清晰地迴盪在房梁、椽木間。

一切都遠去了。可人們又不能完全相信，一個在這世上活了那麼久的人，說沒就沒了。路上是見不到了，夢裏也還未遇上，此刻該如何是好？

於是，在悲傷和疑慮未盡的時候，在最終的歸宿茫茫無期之時，這場以告別為主題的儀式，適時登場了。

一張半新不舊的長條木桌上擺著菜蔬瓜果，乾貨葷食，五穀雜糧，中間大香爐上煙霧嫋嫋，六個道士裝扮的中年男子，三三一排，隔桌對唱。他們身份曖昧，裝扮可疑，各自攜帶樂器而來，鑼，鼓，笙，木魚，嗩吶，器不離手，曲不離口，時而低亢，時而高揚，有板有眼。忽兒，眾人齊齊發聲，合唱開始；忽而這邊之人聲調低微，那角落裏的一個忽然竄了上去，無限制地向上拔伸。如此拖著唱腔，越拉越長的調子——，咿——呀——哎——哪，那是一種質樸而迷人的語言，渾噩而感傷的語言，只有特殊人群才能懂得。

這會兒是在懷念亡人的美德吧，聽聽他們的唱詞：二月迎春花滿坡香，五月初五是端陽，孝子觀花想爹爹，家貧無錢缺米糧，小時爹爹為兒把花采，買一個粽子爹爹不用，而今花開爹早亡啊！留給兒女來分嚐啊……人世多麼漫長啊，那敲木魚的男子邊打邊唱，聲調悲苦，眉尖緊蹙，好像要哭出來。過了一會兒，對過那個微胖的男子上場了，他在唱什麼？「爹爹猶如一隻蠶啊，一生勤奮又節儉；為兒為女吃盡了苦，才積得這份薄家產；只說你長壽享清福，誰知你早早離人間啊。」還是悲情，悲悼，苦味，可是這唱的人變了，悲音竟減去了幾分，甚至有幾分滑稽相。

可不能一味作悲呀，那是要讓人厭的。如此一番唱念敲打後，他們很快調整了內容，插進一段由親屬與施法之人共同開展的恭祝禮儀，死者為大，眾人齊齊跪下，杯盤在頭頂之上依次傳遞，親屬手手傳遞，道士齊聲唱念，恭祝亡人一路平安，走好，勿念人世紛擾。這是告別儀式的高潮部分，子彈砰砰射出，眾人齊齊恭祝，場面壯觀，既悲情又溫馨，生死變幻莫測，陰陽倏忽兩隔，可似乎只有這一刻，他們才有可能把人生大事都看穿了去。

記住那些盤子，它們才是關鍵，是整個儀式中的第三隻眼睛。它們是木頭做的，暗舊的紅，邊沿處油漆剝落，藏污納垢，這類物什每家每戶總有幾個，是媽媽或奶奶那輩女眷陪嫁過來的，從前作日常盛放之用，現在只用在儀式中。講究一點的人家，會描上帶金的鳳凰，五彩的孔雀，不講究的只是塗上紅漆。

這場儀式的主角是盤子，之前被灰塵蒙了身、藏了形，今日拾揀出來，用來盛放飽滿的花生，通紅的蘋果，肥碩的穀粒，血色充盈的大棗，還有桂圓荔枝等南邊的乾貨，一盤接一盤，傳也傳不盡，遞也遞不完，其實不過是重複。

那個纖巧的紅盤上竟放了兩本書，交叉疊放，成十字形，也不管亡人是否識字，到了那一邊，總是要識的。

這地裏長的，樹上結的，人心頭想的，全在這盤子上了。

一場場下來，曲目眾多，有鬧有靜，有打鬥必有安撫，六個道人模樣的男人合作無間，輪流充當某個場次的主唱、主角，合撐著把一台大戲唱下去，唱下去，從午後唱到黃昏，黑夜，吃過飯來，接著唱，繼續唱，嗓子啞了還得唱，啞有啞的味道。也有中場休息的時候，也有抽煙打盹的時候，也有洗手吃飯的時候。

連亡人也要吃飯了。

天黑了，燈繩上的白熾燈一個個亮起來，這有限的光亮只照見眼前一片小小的空間。天地之間仍然是暗的。燭光一跳一跳的，映照在靈堂暗黑的牆壁上。院子中央的長條竹臺上攤著蒸熟的米飯，熱氣蒸騰，上面插著香，點著蠟燭，香煙熒熒，亮光堂堂。

有影子在移動，亡靈陸續而來，三五成群，多是曾經住在這宅院裏的人，有老人孩童，婦女老嫗，都是當年離開的樣子，模樣神情還是當年，這一晚熟門熟路，躡手躡腳，全都來了，一個不缺，悄無聲息，好脾氣，好模樣，比活著時更有涵養。他們製造的是冥界的氣氛，於無聲處歡喜，可又在人間。

每一個這樣的夜晚，他們必須得來，所有從這個院落裏出走的亡人都得親臨，他們來接新亡的魂靈走，順便來瞧瞧未亡之人。子侄孫輩就在人群中，對他們的接近渾然不知。他們不留戀也不伸張，多年的亡者身份已修煉到爐火純青。

他們有足夠的時間把這些端碗的人，觀禮的人，人群中的活蹦亂跳者，等來。悠哉遊哉，他們的時間多得用不完。蒼天悠悠，人世一年，在他們那裏不過是一天啊。

接待亡人的車輦已經備好了，就在黑暗的臺階之下，那裏通往村外的河道，河裏還泊著船吧，依船而漂的是紅綠相間的荷花燈，黑夜裏盛開的水之花，輕輕飄飄，晃晃悠悠，正等著與亡靈一道遠行呢。

儀式正酣，鼓點還密，鑼聲趨緊，正是所有劇碼中最鏗鏘的部分。各路親眷手牽手，圍著亡靈繞圈走，由走及奔，速度加快，越來越疾，他們齊齊托舉著那塊水紅的錦緞被單，長長的被單上撒滿稻穀、麥子，瓜子、花生、糖果、染紅的雞蛋和沾染塵灰的銀幣。眾人高舉被單過頭頂，衣服縞素，表情肅穆，只有那被單，溫暖，鮮豔，熱烈，妖嬈，就像人世的日子，綿延悠長，像火苗，熄滅了，還有溫暖的火星在。

再等一等吧，等他們擱下高舉的紅綢被單之後，等鑼鼓、木魚之聲都歇了之後，等黑夜深深、人間安靜了之後。要輕悄悄地走，不留戀，不張望，不回頭，不帶走一絲人世的惆悵。燈光不要太亮，哭聲不能太響，假戲不好真做，當最後一滴燭淚淌盡的時候，該起身了吧，步子輕輕的，順著黑暗走，不道再見，不要回頭，此時此刻，世界成了可以任意穿越而過的東西，穿過鏡子，穿過牆壁，穿過人世茫茫的海面……只有死亡才能讓一切如此自由，輕率，所向披靡。

好吧，黑夜來臨，萬物寂靜。儀式結束了。

閣樓上的祖母

我的祖母——這個大字不識一個的老太，坐在椅凳上念著她的般若波羅蜜心經，那經文不算長，可對於一字也不識的人來說，它已經夠長的了。原文可能是這樣的：觀自在菩薩行深般若波羅蜜多時……是諸法空相，不生不滅，不垢不淨，不增不減，是故空中無色……無智亦無得……故說般若波羅蜜多咒，即說咒曰：揭諦揭諦，波羅揭諦，波羅僧揭諦，菩提薩婆訶。這是我識字後，憑著記憶和對照紙上經文復原出的字句。我省略了更多，只突出了我的記憶所能還原的部分，也就是有祖母聲音映照的部分。寫這篇文時，我的耳邊還繚繞著祖母的嗓音，沒有停頓，沒有轉折，她憋著一口氣，非要等到念完這一長竄，才換氣。出於不換氣的考慮，祖母肯定在其中做了減法。是誰教了她，還是無師自通？

祖母不明白經文的本意，但在念念有詞時，肯定有自己的理解，她當然是憑熟能生巧記住了它，就連我因時常在她身邊坐著，也差點能把她嘴裏念的複述個大概。但我終究不敢對著一個金元寶或空房間念念有詞，我覺得那太滑稽了，好像是在和一個人說話，而且那個人肯定不是住在我們村莊裏，也不住在這樣的房子裏，也不用這樣的飯碗吃飯，他甚至不說這樣的話——這才是問題的關鍵。

祖母念的當然不是什麼梵語，甚至沒有南無阿彌陀佛這幾個字，這是一些由方言語音所組成的奇怪經文。祖母念來念去就那麼幾句話，可我每次聽來，它們都是不同的，它們在不同的時間、天氣、地點，有不同的語氣、節奏，和不同的訴求。有時候，祖母和那個世界的老人說話；有時候，她對那個世界的年輕人表示關切；更多的時候，她只是自言自語。她念經的時候，絕不與人說話，我有時性急，一時想起要和她說個什麼事，她也不理我，被逼急了，還會取下簪子輕輕敲打我的手心。

祖母常坐在閣樓上念經，陽光照在她臉上，有種異樣的感覺，似乎這是來自很多年前的陽光，剛從木匣子裏跳出來。因為某種神秘的默契，它來到祖母蒼老的臉龐上。念經時，祖母微仰著身子，直視前方，若有所思，嘀嘀咕咕，完全沉浸在自己聲音的語調裏，不是平時刻薄蠻横的樣子。這讓我更確定了那個世界的存在。一定有這樣一個世界的存在。它讓祖母這樣不太慈祥的人也成了一個活菩薩。它是那些消失不見的人所能抵達的世界。它是村裏的捕蛇人那個破敗的靈柩所到達的世界。那些語焉不詳的經言，替我們打開了走向那個世界的通道，而祖母是引路人。

那些經文是附著在麥秸桿、紙元寶這樣的物什之上。我相信是要有一個物體，否則那些聲音怎麼行穿越術。而那些麥秸桿啊，紙元寶啊，什麼的，它們都是要燒成灰的。在嗶剝作響的火光中，物質的形體消失了，只有聲音才能跟著神靈去那個彼岸世界。那時，我把所有不能解釋的東西都稱作神靈附體。比如，果樹的體內肯定住著一個樹神，它掌管著果實每年的豐歉；比如村裏有個人經常笑得不能停下，他們說，這個人的體內肯定盤著一個笑神；我還知道，孩子們走著走著，走到村口那個大坑前就會仰面跌跤，那裏肯定藏著一個摔跤神。

那陣子，我常分不清楚真實世界和神靈世界的區別。我的骨頭老是脫臼，我常因頑皮把身體藏於椅凳之下玩耍不出來，只要父親的手輕輕地一拉，就能聽到咯啦啦一聲響，我的肩關節馬上疼得不行，我啊地一聲慘叫，眼淚就出來了。它們又脫臼了。

我經常脫臼。那種無常感常在我得意忘形時降臨，即使在最高興的時候，我依然充滿著隱憂，我不知道我的胳膊什麼時候會離開我，那些叛逆的關節，它不肯再作骨頭的連接器，真是要命。每次脫了臼，都要找村裏的老人幫忙糾正。那經常是傍晚時候（只有在夜裏我才會得意忘形，放鬆了白日來的警惕），在父母的攙扶下，我疵牙咧嘴地來到老人黑咕隆咚的家裏。通常是幾秒鐘的時間，隨著那聲咯啦啦響的回來，我的胳膊馬上被糾正了，它們回來了。儘管還隱隱作痛。

為對付我的經常性脫臼，家裏人沒少想辦法，但除了減少運動幅度，他們都想不出別的法子。後來，祖母說，我來試試。她嘀嘀咕咕念了一疊黃紙經文燒在屋裏所有的椅凳下，然後我的脫臼就真的好了，再也沒有發過了。似乎，那些骨頭被解了咒語，再也不會擅自脫離關節腔，乖乖地住在那裏，不亂跑了。

我不得不感慨那些經文可真有用啊。

祖母記性不好，有丟三落四的毛病。有一次，她到處找一把剪刀，屋裏屋外，咦，怎麼就不見了呢？明明剛用了它呀？越急越無用。直到她念起經文，那些不翼而飛的東西，就能飛回她體內，失而復得，無一例外──所以，每當我急急地向祖母詢問這個那個時，她總有辦法讓我先安靜下來再說。她自有找到它們的辦法。

回想從小時到現在，我不知丟了多少好東西，真是無法盡數。因為我沒有特異功能，既沒有翅膀，也無透視眼，根本無法找到它們。我相信它們一直躲在哪個角落裏，等候我的召喚。可我無法召喚。我也幻想自己像村裏人那樣有一兩樣特異功能，比如有人能通過腳趾頭來預測天氣，有人的耳朵能聽到幾公里之外的聲音，有人睜著眼睛睡覺，嚇退幾個入室盜竊者。連我的祖母，這個大字不識一個的老太，有一天，她竟然和我說，我在念經的時候，能看見你祖父年輕時的樣子。我大吃一驚，忙把這事報告給母親。母親在切案板上的肉，對我的話置若罔聞。我懷疑她根本沒聽到我的說話，於是又把祖母那句話重複了一遍。沒想到她冷冷地看了一眼，低聲說，你把那些肉蟲給驚擾了。

祖母很少與人交往，只有一次，村裏有個婦人經人介紹來買我祖母的心經，燒給她死去的公婆。臨走時，那個女人很愚蠢地問了一句：這些經都是真的麼？祖母即刻臉色大變，雙手發抖……但硬是把憤怒壓了下去。那女人訥訥離去，慌不擇路，我在一旁看著都覺得害怕。

祖母等一群會念經的老人，經常會被死了親人的人家邀請，成座上客。如果是因剛剛死去而被邀請的，她們則是去超度亡靈。如果，他們離開人世已久，又被親人惦記，她們則去奉上厚禮，願那邊的人衣食無憂。因某個夢境或某樣原由，兩個世界的人經常互通，他們總能得到現世之人的撫慰，誰也不會被徹底遺忘。

我的祖母樂於扮演這樣的角色，充當生死之間的使者。一群人圍坐著，八仙桌上道具眾多，煙霧繚繞，燭光熒熒。許多張嘴開開合合，發出蠅類的嗡嗡聲，她們在唱，拉長了的調子，要多長有多長，因為要兼顧許多人，不得不如此。鬆垮的拖音，似乎隨時可停下，又沒有完全停歇。她們真的是在唱，聲調滑稽，毫無悲意，有口無心，有些頭顱甚至已經垂下，在瞌睡，在打盹，在傾聽遙遠世界的回音。

一整天，還要搭上一個黃昏，我的耳朵裏都是這樣的聲音，我還知道在這個聲音的邊上，有一具剛剛死去的身體，對於屍體來說，它還新鮮，但它很快就要腐爛，或許它的上頷部已經開始腐爛，呈現某種驚悚的深褐色。

我只是聽著那念唱，在床上翻來覆去不能入睡。村裏死了人，還是個中年人，前不久剛照過面，今天忽然死去。他的靈魂肯定伴著那念唱，在身體的周邊徘徊，不忍，不捨，不願離去。那聲音忽然變得，不但可悲，而且可怖，成了哭音悲調，成了浸著眼淚水的抽泣。

可能還因為念唱者身體的疲倦、不適，畢竟都是老人，熬夜非常之累，身體硬撐著，虛晃晃只是一個皮囊，一個隨時可倒下的皮囊。焦苦的身體，這身體之內發出的聲音，更顯得悲苦無依，顫顫巍巍，是要躺倒的聲音，是要唱了這句沒有下句的聲音，是那個夜晚屍體邊上的哭訴。

我的祖母就在這樣的深夜給死去的人念唱，他們是她的鄉人或族人，是她的兄弟姐妹，是要和她一起埋在這塊土裏的人。但祖母卻有非凡的能力，她從不覺得這些喪事有什麼可悲之處，至少從不流露。

事實上，那樣一場念唱下來，祖母總是收穫頗豐，她能得到許多吃的，還有毛巾，手絹等東西。每次退場回來，她從不談論死者，似乎她所做的一切與那個死去的人沒有任何關係，這讓我感到震驚。我明明想和她討論一下那張死去的臉是什麼樣子的，可她從不滿足我這方面的好奇心。只是，有一次，她說起那個患病死去的人，說那人的下巴爛穿了，喝水時接著臉盆，叮叮咚咚響。我聽了馬上害怕極了。祖母卻不笑不嗔地把這件事給人說了三遍，不流露任何表情，不發表任何意見，從此緘口不語。我心裏卻生了無盡的寒意，越怕越想知道更多，央她再講，可她的注意力已經不在這裏了。

祖母的思想中有些不與人為好的東西，比如，晚年的她，齒牙脫落，食慾大減，只食稀飯為生。別人好心勸她，你要多吃點呀。她一臉不屑，馬上介面道，對，我要吃一百碗，長命一千歲！搞得說話的那人一臉尷尬，人家只是說說而已呀。她倒當真了。祖母對人有些苛刻，很記仇。即使對死去很久的人，她還能說出這個死者生前的種種不堪，比如那人某一日偷了誰家救命的南瓜，誰又如何狠毒，不管妻子隨嫁兒女的死活，在饑荒年代，偷食鍋裏唯一的那點乾糧。這些陳穀子爛芝麻的事，偏她還記得，而且嘮叨個沒完。為死者諱的思想，在祖母這裏完全沒有。因為那些死去的人全是與她同一時代的，她與他們在地上打了一輩子的交道，到地下還得見面，見了面她也不給他們好臉色看。

祖母是高壽的一個，比她更溫和、更善良的人都走了，祖母對自己能活那麼久簡直有些得意。暮年的她，只在閣樓上誦經，那些經文堆滿了舊匣子，那是祖母當年的陪嫁物，油漆剝落，銅環腐朽，但還是沉甸甸的，似乎與整個閣樓上的空氣和灰塵長在一起，誰也離不開誰。舊匣子裝不下了，那就裝在紙盒子裏吧，找不到更多的紙盒可裝，到最後，連衣櫥裏、櫃子裏都是那些黃燦燦的東西。祖母逢人就說，我很忙吶。別人問她，你忙什麼呀？她說，我忙著賺錢呀。他們更好奇了，你那麼老了還幹什麼工作呀？她鬼鬼祟祟地說，不告訴你們。這一下，他們總算明白了，原來說的是那件事啊。

村子裏是有寺廟的，但祖母幾乎從來不去。我不知道原因。但從她對幾位常去那裏念經的老太婆的態度上可見端倪。你來聽聽她是怎麼說她們的，佛祖保佑，讓她們幾個快點從那庵堂裏滾出來吧，瞧她們的聲音多麼嚇人，可別把佛祖給嚇著了。

她們才不理會祖母的念叨，她們是一群快樂的老婆子，怎麼高興怎麼來，念佛對她們來說，只是玩。一起玩的理由。祖母雖然樣樣能幹，卻不聰明，她不知道人世最大的收穫其實就是玩，可她還要在那裏炫耀她的勤勞，節儉，自食其力，這似乎有多麼偉大，我聽著都覺得難受。

有一次母親對我說，你奶奶腦子不太靈光了，她以為我們家新造的那個房子，全是她念經掙來的錢。我很生氣，為了賺錢，全家苦成了什麼樣，只有她，什麼事情也不做，像個闊太太。農忙時節，連一口水也不讓我們喝。這個老婆子，她不知道自己掙到的是冥幣麼？

儘管我們都怨聲載道，希望她能放下手中的經文，先來關照一下我們的現實生活，比如在我們外出勞作時，把飯菜燒好，但完全無用，越到最後，祖母念經的積極性越高，她似乎回到當年創立業家的時候，被一股子勁兒充盈著，通宵達旦地念著，念著，永不疲倦，她似乎夢到金元寶山也似的把她的身體埋了起來，一起埋進去的還有祖父，曾祖父母，他們躲在黃金的光輝裏偷著樂。

在祖父死後，她更加快了做這件事的進程，為了他們在那個世界的家多一件電器，多一樣傢俱，再辛苦也是值得呀。瞧她的驕傲、富足勁，還以為自己打下了半壁江山。

現在，除了吃飯、睡覺，祖母一天中最重要的事情就是念經，誰也不知她要念上多久才停歇，按她的本意，最好不要停下來，一直念到最後一刻，讓那個世界的財富多到無法盡數，那她在這裏不能實現的夢想，在那裏可全成現實啦。

為了這件事的最終實現，她千叮嚀萬囑咐地對我母親說，你在燒這些經文的時候，千萬要在火堆外面畫個圈子，否則這些錢要被別人搶了去的。如此，重複數遍，她還是不放心，又來捏我的手，說，你幫我看著你媽一點，叫她燒的時候……。我不耐煩地眄了她一眼，嘴裏嘀咕著，知道了知道了，瞧她的神情，恨不得自己來燒。

迷路

去外婆家要穿過一個村莊，那個村莊很大，比我到過的所有村子都大，有許多分岔的小路，每條路都通向一個外婆，別人家的外婆。我的外婆住在這個村莊後面的另一個村子裏，她的房子邊上有個菜園，迷路的時候，我以為找到菜園就能尋回外婆的家。

那次，我來外婆家做客，吃完點心，在園子裏撲了會蝶，不知不覺踱出門去，在蘆葦叢裏摘小珠子玩，又遇見了毛茸茸的狗尾巴草，很快蘆葦不見了，水渠不見了，田地出現了，我很恐慌。我迷路了。往回走，來路枝杈分佈，每一條都望不到盡頭。路邊有很多類似外婆家的園子，園裏有晾衣繩和大水缸，還有高高的蓋過屋頂的大楝樹，楝樹底下有老母雞在覓食。我沒有在路上作記號。那時候，我還沒有讀過阿里巴巴和竊賊的故事，我還不會作記號。或者說，這一路上的記號實在太多了。路邊那一坨坨熱烘烘的牛糞，蒼蠅在嗡嗡嗡地飛旋著。夾竹桃蒼鬱繁茂，微風中向我含笑點頭。碎陶瓷、碎瓦片被誰撒落在路邊草叢裏。或許還有小青蛇在亂石堆裏探頭探腦，嚇得人魂魄也飛了。

如今，如果讓我重走那條路，我一點也不敢確定，我將不再迷路。一個沒有路牌，沒有建築標誌，甚至沒有路人的荒野，一個時刻在更換風景的地方，迷路隨時都在發生。

在平地上行走的人容易迷路，因為視野的局限，路會像霧靄一樣消失。還因為沒有參照系，不知道走了多久，還要走多久，風景如此相似。這些都是迷路的原因。

我在山上就沒有迷過路。村裏最近的山像一堵牆豎在村莊背後，在山上砍柴、拾松針、挖蘭花，爬到很高的山上，離開村莊很遠，還是覺得安全，因為村莊就在腳底下，一切盡收眼底。煙囱像一截鉛筆頭，炊煙似娜娜而起的傘狀小花，是蒲公英的絮狀花瓣，而公路上行駛的汽車則是火柴盒，一盒盒變魔術般消失得很快。

路是通向未知世界的捷徑。迷路的人見證了空間神秘錯雜的面目，一個人如果放縱感官，迷路到底，等他老年再找到曾經的村莊，村子會不會已經空無一人，連路自己也迷失了方向。

所幸童年的每次迷路，在短暫的驚恐之後，我安然返回了。我沒有離開太久，我還能回來。這就是我的命運。

我知道有一個迷路人的命運並不好，好像人群蒸發了般許多年不見蹤影。村裏小華的舅舅，一個弱智的年輕人，從位於深山的家裏出來尋親，在山林裏兜圈子，出不來。山一座座相連，茅草齊脖，怪石嶙峋，他翻過了幾座山？他遭遇了多少覓食的野獸？他還在尋找回家的路麼？或許他永遠都要迷失在路途中了。這一路上的風景餵養了他，也吞噬了他。

要文學03　PG1079

要有光 FIAT LUX

噓，別出聲

——草白散文集

作　　者	草　白
主　　編	蔡登山
責任編輯	廖妘甄
圖文排版	楊家齊
封面設計	陳怡捷

出版策劃	要有光
製作發行	秀威資訊科技股份有限公司 114 台北市內湖區瑞光路76巷65號1樓 電話：+886-2-2796-3638　傳真：+886-2-2796-1377 服務信箱：service@showwe.com.tw http://www.showwe.com.tw
郵政劃撥	19563868　戶名：秀威資訊科技股份有限公司
展售門市	國家書店【松江門市】 104 台北市中山區松江路209號1樓 電話：+886-2-2518-0207　傳真：+886-2-2518-0778
網路訂購	秀威網路書店：http://www.bodbooks.com.tw 國家網路書店：http://www.govbooks.com.tw
法律顧問	毛國樑　律師
總 經 銷	易可數位行銷股份有限公司 地址：231新北市新店區寶橋路235巷6弄3號5樓 電話：+886-2-8911-0825　傳真：+886-2-8911-0801 e-mail：book-info@ecorebooks.com 易可部落格：http://ecorebooks.pixnet.net/blog

出版日期	2013年11月　BOD一版
定　　價	290元

Printed in Taiwan

國家圖書館出版品預行編目

噓, 別出聲 : 草白散文集 / 草白著. -- 一版. -- 臺北市 : 要有光,
2013.11
面； 公分. -- (要文學 ; PG1079)
BOD版
ISBN 978-986-89954-9-9(平裝)

855 102021310

讀者回函卡

感謝您購買本書，為提升服務品質，請填妥以下資料，將讀者回函卡直接寄回或傳真本公司，收到您的寶貴意見後，我們會收藏記錄及檢討，謝謝！

如您需要了解本公司最新出版書目、購書優惠或企劃活動，歡迎您上網查詢或下載相關資料：http:// www.showwe.com.tw

您購買的書名：______________________________

出生日期：________年________月________日

學歷：□高中（含）以下　□大專　□研究所（含）以上

職業：□製造業　□金融業　□資訊業　□軍警　□傳播業　□自由業

□服務業　□公務員　□教職　□學生　□家管　□其它_____

購書地點：□網路書店　□實體書店　□書展　□郵購　□贈閱　□其他

您從何得知本書的消息？

□網路書店　□實體書店　□網路搜尋　□電子報　□書訊　□雜誌

□傳播媒體　□親友推薦　□網站推薦　□部落格　□其他__________

您對本書的評價：（請填代號　1.非常滿意　2.滿意　3.尚可　4.再改進）

封面設計____　版面編排____　內容____　文／譯筆____　價格____

讀完書後您覺得：

□很有收穫　□有收穫　□收穫不多　□沒收穫

對我們的建議：______________________________

____

____

____

請貼
郵票

11466
台北市內湖區瑞光路 76 巷 65 號 1 樓

秀威資訊科技股份有限公司 收

BOD 數位出版事業部

....

（請沿線對折寄回，謝謝！）

姓　　名：＿＿＿＿＿＿＿＿　年齡：＿＿＿＿　性別：□女　□男

郵遞區號：□□□□□

地　　址：＿＿＿＿＿＿＿＿＿＿＿＿＿＿＿＿

聯絡電話：(日)＿＿＿＿＿＿＿＿（夜）＿＿＿＿＿＿＿＿

E-mail：＿＿＿＿＿＿＿＿＿＿＿＿＿＿＿＿